Der dunkle Erbe

AF280867

Finja Jungclaus

Der dunkle Erbe

Das Reich der Li

FSC
www.fsc.org
MIX
Papier aus ver-
antwortungsvollen
Quellen
Paper from
responsible sources
FSC® C105338

© 2025 Finja Jungclaus
Verlag: BoD · Books on Demand GmbH,
Überseering 33, 22297 Hamburg, bod@bod.de
Druck: Libri Plureos GmbH,
Friedensallee 273, 22763 Hamburg
ISBN: 978-3-7693-9855-7

Kennst du das, wenn dir jemand das Gefühl
gibt, dass schon eine kleine Idee ein ganzes
Buch wert ist?
Louisa, du gibst mir dieses Gefühl!
Die Fortsetzung dieser Geschichte ist für dich.
Du hast mir gezeigt, dass ich mit meinen
Worten viel mehr erreichen kann, als sie bloß
aufzuschreiben. Sie können durchs Lesen
lebendig werden.

Li

Merkjur

ox

Juner

Oni

Das dunkle Reich

laylist

Little Drummer Boy ~ Lindsey Stirling

Hangover (feat. Flo Rida) ~ Taio Cruz

Give Me Everything (Stripped) ~ Archer March

Traces of the Wind ~ Mathias Fritsche

The Black Pearl ~ Klaus Badelt

Angels We Have Heard On High ~ Lindsey Stirling

You and Me ~ Lifehouse

Launch (Epic Orchestra) ~ Mathias Fritsche

Hello (Piano Arrangement) ~ Eliab Sandoval

Take on me (Epic Orchestra) ~ Mathias Fritsche

Riptide (Piano Arrangement) ~ Francesco Parrino

Tale of the Shadow ~ Sail North

Reborn ~ Gargantuan Music

Prolog

Aluna

Göttin der Zuneigung

„Es ist verboten, und das weißt du." Aufgeregt fuhr er sich mit der Hand durch die Haare.

„Und warum? Weil wir diese Regeln erlassen haben. Wir sollten ihr nicht dieses Schicksal antun", sagte ich und sah ihm ernst in die Augen. Seine Tattoos schienen sich an seinem Hals zu bewegen, als er schluckte.

„Die anderen werden sie verstoßen."

„Denkst du wirklich, sie hätten nichts von ihr mitbekommen? Zumindest Yuki wird die Wahrheit kennen."

Er biss sich auf die Unterlippe, schien über all das nachzudenken.

„Du denkst, wir sollten sie mit in unser Heim nehmen?"

„Willst du sie ewig verstecken?" Hinter meinen Augen baute sich Druck auf.

„Nein. Verdammt, es ist nur kompliziert!" Aufgebracht ging er auf dem teuren Teppich auf und ab. „Sie wird Aeron suchen. Du kennst sie,

sie wird nicht aufgeben, bis sie das erreicht, was sie sich vorgenommen hat."

„Das hat sie von dir." Trotz der angespannten Situation musste ich lächeln.

„Wenn sie einen Weg finden würde… ich müsste ihn ihr nehmen. Aber ich weiß nicht, ob ich es könnte."

Ein Gewissen, da war es. Diese ernsthafte Sorge.

„Ich weiß. Und ich weiß auch, dass du ihn hasst, verabscheust. Aber deshalb sollten wir ihr nicht ihre Freiheit verwehren."

Seine dunklen Augen trafen meine, seine Gesichtszüge schienen sich etwas zu entspannen. Das Feuer des Kamins knisterte im Hintergrund, das Sternenlicht flutete den Raum.

„Gib mir etwas Zeit. Im Moment geschieht sehr viel im Palast. Lass uns den richtigen Moment abwarten."

Ich seufzte. Immerhin ein Anfang. Und auch, wenn dieser schon vor Jahren hätte stattfinden sollen, ist es gut, dass er jetzt hier ist. Dieser Neubeginn für uns.

„Ich liebe sie", flüsterte er, wobei er den Blick nach unten hielt. „Ich liebe sie, genauso wie ihre Mutter." Dann verschwand er aus dem Raum.

Der dunkle Erbe

4 Tage zuvor…

$\mathscr{K}$apitel 1

„Ha!" Akio lachte auf, nachdem er die nächste Karte gezogen hatte. Langsam legte er sieben Karten – vier Damen und drei Zweien – auf den Tisch. „Einen aus der Hand! Fünfhundert Punkte plus die rote Drei." Zufrieden schob er die Karten zusammen und legte den kleinen Stapel an die Seite. Ich musste schmunzeln, während ich zufrieden seinen Bewegungen folgte. Unsere Blicke trafen sich. Kurz, für den Bruchteil einer Sekunde sah ich in meine Karten, formte mit den Lippen ein „Ich hab nur drei" und hob unauffällig drei Finger. Er schien zu verstehen. Ich hatte noch alle elf Karten, davon nur ein Dreier-Pärchen. Wie gut also, dass er gerade für die Punkte gesorgt hatte.

Wenn wir nicht gerade im selben Team spielten, lieferten Akio und ich uns oft ein Kopf-an-Kopf-Rennen bei unseren Canastarunden. Vielleicht lag es an unseren riskanten Spieltaktiken. Wir sparten beide so lang auf die höchstmögliche Punktzahl, dass wir oft zu lang warteten und somit gar keine Punkte bekamen. Diesmal war es Akio allerdings gelungen, einen *Canasta* zu sammeln, ohne dass wir vorher Karten auf dem Tisch ausgelegt hatten.

„Nicht schummeln", beschwerte sich Dee und fuchtelte mit der Hand zwischen uns.

„Tun wir gar nicht", sagte Akio unschuldig. Ich biss mir auf die Unterlippe. Es gab eigentlich kaum ein Spiel, in dem ich nicht heimlich mit meinem Spielpartner kommunizierte. Und Akio und ich waren so langsam Meister darin.

„Als ob du nicht genauso schummelst." Streng sah ich zu meiner Freundin.

„Darum geht es jetzt nicht", lenkte sie ein und sah zu Finley, der rechts von mir saß. „Du bist dran", meinte Dee von links.

Vertieft sah Finley auf seine Karten. Ich weiß nicht wie, aber irgendwie schaffte er es, sich jeden Zug der anderen Spieler zu merken und deren Taktiken gegen sie auszuspielen. Ein Wunder, dass er nicht in Las Vegas zu finden war.

„Angeber", murmelte Finley grinsend in Akios Richtung und lehnte sich vor. Er zog eine Karte, die er prompt an die drei Könige vor sich legte. Eine Zwei – in diesem Spiel ein kleiner Joker. Ein leises Lächeln umspielte seine Lippen. Wahrscheinlich hatte er noch Joker auf der Hand und wartete jetzt nur noch auf einen vierten König.

Als Finley eine Karte auf den Kartenstapel, der wohl eher einem zerwühlten Haufen glich, gelegt hatte, war ich an der Reihe. Ich zog eine Karte, die ich eigentlich gar nicht gebrauchen konnte. Trotzdem steckte ich sie so vor die anderen Karten, dass meine Freunde nicht sehen konnten, wohin. Dann legte ich mein Dreier-Pärchen ab und schmiss die unbrauchbare Karte auf den Abwurfstapel.

Damit übergab ich den Spielzug an Dee. Auch sie zog eine neue Karte und konnte sich ein breites Grinsen nicht verkneifen. Im Gegensatz zu Finley, ihrem Spielpartner, besaß sie überhaupt kein Pokerface.

Ihre Taktik war es, auch Karten, die sie eigentlich hinlegen konnte, auf der Hand zu behalten. Somit unterschätzten wir sie schnell, denn wer zuerst keine Karten mehr auf der Hand hatte, beendete die Runde. Und so legte sie zwei Dreier-Pärchen vor sich. „Und Schluss."

Ich schnaufte erleichtert darüber, durch Akio im letzten Moment noch Punkte gemacht zu haben.

„Die Runde ist noch nicht vorbei", beteuerte Akio gespielt schmollend, da Finley und Dee offensichtlich mehr Punkte gesammelt hatten, als wir.

„Und du glaubst, dass ihr deswegen noch eine Chance habt?", zog Finley ihn auf.

„Wir werden das alles wieder aufholen", bestätigte ich und begann schonmal unsere genauen Punkte nachzuzählen.

Dee räusperte sich. „Die Punkte, bitte."

„1255", sagte Finley und blinzelte zufrieden. Innerlich vollführte er wahrscheinlich gerade Freudentänze.

„770", gab ich zu. Dee rechnete die neuen Ergebnisse aus und Finley begann die Karten neu zu mischen.

„Möchte noch jemand was trinken?" Akio stand mit seinem bunten Glas in der Hand auf.

„Gerne", meinte Dee und reichte ihm ihr Coca Cola Glas. Lächelnd nahm Akio es entgegen. Dee wandte sich wieder uns zu.

„Eifersüchtig, Dee?" Finley setzte die Ellenbogen auf den Tisch und stützte seinen Kopf.

Sein Grinsen reichte fast bis zu seinen Augenbrauen.

„Nein!", sagte sie schnell und ließ sich von seinem Lachen anstecken. Auch ich musste Grinsen.

Im nächsten Moment kam Akio zurück. Seit ich ihn vor einem halben Jahr auf unserer Abenteuerreise kennengelernt und mit hierher gebracht hatte, war er kurzer Hand hier eingezogen. Ich war zum Glück in dieser Zeit achtzehn geworden, wodurch das Haus meiner Eltern offiziell mir gehörte.

Dee und Finley waren damals völlig aus dem Häuschen gewesen, und würde Akio jetzt nicht vor mir sitzen, hätten sie mir wahrscheinlich kein Worte geglaubt. Doch er war hier und ich hätte mir niemanden anderen gewünscht. Er hatte sich sogar Canasta von uns beibringen lassen, wofür sonst nur unsere Streber-Gruppe in der Schule zu begeistern war.

„Lacht ihr etwa über mich?", fragte Akio, trat zwischen Dee und mich und gab Dee ihr gefülltes Glas.

„Niiiiemals", antwortete ich gedehnt und nahm seine Hand. Lachend lehnte er sich vor und gab er mir einen Kuss auf die Stirn, während Finley den gemischten Kartenstapel zu mir rüber schob.

„Du bist dran", sagte er leise.

Ich nahm einen Teil der Karten und gab jedem von uns elf.

Es hatte ein paar Stunden gedauert, bis wir die Runde beendet hatten und Dee und Finley im Dunkeln nach Hause gingen. Seufzend schloss ich die Tür hinter ihnen.

„Das hat Spaß gemacht." Akios Stimme klang unerwartet nah. Ich drehte mich zu ihm um.

„Das sagst du nur, weil wir gewonnen haben." Ich kicherte und ging an ihm vorbei ins Wohnzimmer.

„Nicht wahr. Ich bin ein guter Verlierer", beschwerte er sich.

Ich setzte mich auf die Couch und sah zu ihm auf. Seine dunklen Augen schimmerten im spärlichen Licht der Deckenlampe, als würden sich kleine Edelsteine in ihnen verbergen.

Er schritt weiter auf mich zu, bis er direkt vor mir stand. Akio legte eine Hand an meine Schulter und drückte mich langsam auf das weiche Polster. Mit der anderen Hand stützte er sich neben mir ab.

„Was wird das?", fragte ich und lachte leise in mich hinein.

„Wir müssen unseren Sieg feiern", meinte er mit tiefer Stimme. Vorsichtig legte er seine Hand an meine Wange. Sein Lächeln war echt, aufrichtig. Langsam lehnte er sich zu mir vor und küsste mich auf die Lippen. Es war nur ganz kurz, dafür zärtlich und irgendwie besonders. Ich sah ihm in die Augen, und bei seinem verschmitzten Lächeln musste ich lachen. Langsam legte ich meine Hände an seine Schultern und lehnte mich gegen ihn, sodass ich jetzt über ihm auf dem Sofa lag, und küsste ihn weiter. Es war ein Rausch von Gefühlen, der durch meinen Körper jagte und jede Berührung traf mich wie ein einschlagender Blitz.

Seine Hände glitten an meinem Körper entlang, sein kehliges Stöhnen jagte mir Schauer über den Rücken.

Plötzlich klopfte es an der Tür. Kurz lösten sich unsere Lippen von einander und wir sahen zum Flur.

„Bestimmt nur der Postbote", sagte Akio etwas außer Atem. Ich nickte nur und wollte ihn gerade erneut küssen, doch Akio drehte sich so, dass er nun wieder über mir lag. Wieder klopfte es.

„Ein sehr hartnäckiger Postbote", ergänzte ich lachend. Doch mein Lachen verschwand unter dem nächsten Kuss. Akios Haare fielen auf meine Stirn und kitzelten meine Haut. Leise kicherte ich.

Auf einmal waren Schritte zu hören. Gedämmt hallten sie aus dem Flur zu uns. Erst nahm ich sie gar nicht wirklich wahr, ich war wie in einem Bann von Akios Berührungen, doch dann erstarrte ich. Auch Akio hatte sie scheinbar gehört. Reglos blieben wir liegen, mein Bein zwischen seinen. Sein Oberkörper über meinem. Nicht ein Mal wandten wir unsere Blicke vom Flur. Sollten wir die Polizei oder so rufen? Weglaufen?

Mein Herz drohte sich zu überschlagen. Wenn ich schätzen müsste betrug mein Puls nun mindestens zweihundert. Nach einer gefühlten Ewigkeit stoppten die langsamen Schritte und ein groß gewachsener Mann mit dunkler Haut stand ein paar Meter vor uns. Er trug einen Hut, der wahrscheinlich auch zwei Nummern kleiner gepasst hätte, eine dunkle Stoffhose und darüber ein weinrotes Sakko. Er hätte direkt aus einem Krimi kommen können, in dem er den zwielichtigen Bösewicht spielte.

„Jamielle und Akio", sagte der Mann mit einem amüsierten Unterton. Wer war er?! „Tane ist mein Name", beantwortete der Fremde meine Gedanken. Ich sah ihn entsetzt an. Langsam richteten Akio und ich uns auf.

„Es freut mich, euch mit dieser... blühenden Leidenschaft anzutreffen." Er machte eine kurze Pause und musterte uns ungeniert. „Euren Blicken nach zu urteilen habt ihr meinen wohl bekannten Namen schon einmal gehört. Ist es so?"

Natürlich hatte ich seinen Namen schon einmal gehört. Vor einem halben Jahr hatten wir schließlich seinen Teil des schlagenden Herzens in Sicherheit gebracht. Oder es zumindest versucht. Aber war das wirklich einer dieser Götter? Seine Fähigkeit, meine Gedanken zu erahnen sprach jedenfalls dafür. Aber wie kam er hierher? Und *warum* kam er hierher?

Ich brachte kein Wort hervor.

„Zweifelst du an meiner Herkunft, Jamielle? Ich bin Tane, Li-Gott des Kampfes. Krieger der hellen Seite und Oberhaupt der Götter. Ich dachte, das wüsstest du nach diesem Debakel in Japan?"

Ich schluckte den Kloß in meinem Hals runter. Dann beobachtete ich, wie Tane zu einem der Sessel ging.

„Ich darf mich doch sicher setzen?"

Ich nickte. Akio legte einen Arm um meine Schultern. „Warum sind Sie hier?"

Für eine Weile betrachtete Tane uns weiter, schien sich jedes Detail von uns einzuprägen. Dann beantwortete er Akios Frage.

„Es gibt Gefahr." Er lehnte sich zurück und faltete die Hände auf dem Schoß. Erwartungsvoll sah ich ihn an.

„Mehr sagen Sie uns nicht?" Meine Stimme klang etwas heiser, was nicht gerade meinem selbstbewussten Auftritt schmeichelte. Der Gott lehnte sich wieder nach vorn und stütze sich mit den Unterarmen auf seinen Knien ab. Sein Sakko spannte sich an den Schultern.

„Ihr dürft mich ruhig duzen", tadelte er mich, „Siezen ist nur eine übertriebene Form der Unterordnung. Mir brauchst du nichts zu beweisen, Jamielle." Wieder eine Pause. Er seufzte. „Ihr müsst früher oder später in unser Reich kommen. Hier werdet ihr nicht mehr lang sicher sein. Doch wenn es soweit ist, wird man euch holen. Ich bin nur der Vorbote."

„Wir müssen ins *Li-Reich*?", fragte Akio mit einer ungeahnt hohen Stimme.

„Früher oder später", wiederholte Tane seine Worte.

„Warum besteht Gefahr?" Er hatte seine Stimme nun wieder im Griff und sie brummte bei jeder tieferen Silbe.

Abschätzend sah Tane ihm in die Augen. „Richtig, Akio" Seine Stimme klang bedrohlich. Ich sah zu Akio. Seine Augen wurden matt und auf seiner Stirn bildeten sich kleine Falten. Hatte Tane gerade seine Gedanken beantwortet?

Der Blick des Gottes wanderte zu mir. Ein berechnendes Grinsen lag auf seinen Lippen, verschwand jedoch im nächsten Moment schon wieder.

„Nun gut. Ich werde wieder aufbrechen. Der Dreimond naht und es gibt viel zu tun." Er stand auf, hob seinen Hut und deutete eine Verbeugung an. „Einen angenehmen Abend."

Damit ging er Richtung Tür. Doch er erreichte sie nicht. Mit jedem seiner Schritte lösten sich kleine, golden glänzende Fäden aus seinem Körper und lösten sich kurze Zeit später auf. Dann war er verschwunden.

Ich sah zu Akio. Sein fester Blick verharrte auf der Stelle, an der eben die letzten funkelnden Lichtfäden, in denen Tane sich aufgelöst hatte, verschwunden waren.

„Alles in Ordnung?", fragte ich zögerlich.

Unsere Blicke trafen sich. Er schluckte, wobei sein Adamsapfel nach oben sprang. „Alles ok."

„Sicher? Woran hast du eben gedacht?"

„Nichts. Ich hatte nur... daran gedacht, als die Götter damals vor Fuji standen. Ich hatte mich gefragt, ob er dabei gewesen war."

Ich hob eine Augenbraue. Ich wollte ihm glauben, doch seine Reaktion passte nicht zu dem, was er mir sagte.

„Wir sollten schlafen gehen", meinte er dann und setze ein Lächeln auf, das seine Augen jedoch nicht erreichte.

$\mathcal{K}$apitel 2

Am nächsten Tag schien Akio Tanes Antwort verkraftet zu haben. Oder er lieferte mir ein oskarreifes Schauspiel mit seinem perfekten Lächeln und seinen doppeldeutigen Witzen. Zu gern hätte ich gewusst, was ihn gestern Abend wirklich beschäftigt hatte, doch ich wollte ihn nicht bedrängen. Ich vertraute ihm und wusste, dass er es mir erzählen würde, wenn er soweit war.

Also genoss ich meinen Tee, kuschelte mich weiter in die Decke und lehnte mich an Akios Brust, die sich regelmäßig hob und senkte.

„Ich kann immer noch nicht glauben, dass du noch nie *die Eiskönigin* gesehen hast.“

„Auf welchem Fernseher hätte ich das bitte sehen sollen, Löckchen?" Er lächelte und seine Grübchen erschienen.

Heute war der letzte Tag dieses Jahres. Das erste Silvester, das ich mit Akio zusammen verbringen und nicht mit Grandpa Krimis schauen würde. Das erste, bei dem ich mich auf die Party, zu der Dee und Finley jedes Jahr gingen, trauen würde. Und das erste, bei dem ich einen Freund an meiner Seite hatte. Einen *festen* Freund.

Akio hatte darauf bestanden, dass wir uns zusammen *die Eiskönigin* ansehen würden, wie ich es früher mit meinen Eltern getan hatte.

Erst jetzt reagierte ich auf seine Worte. „Tut mir leid, ich wollte nicht–"

„Ist schon gut. Ich finde es nicht schlimm, darüber zu reden, wie ich gelebt habe." Er legte einen Arm um mich und strich mit dem Daumen über meine Schulter. Erleichtert atmete ich auf.

„Du wirst Olaf lieben."

„Habe ich da etwa Konkurrenz?"

„Klar. Wer würde nicht gern mit einem Schneemann zusammen sein?" Ich grinste und genoss es, dass seine Wangen rot wurden.

Wir starteten den Film. Eine innere Freude füllte meine Brust bei der Sternschnuppe, die über das Disney-Schloss flog. Diese kurze Sequenz würde mich immer an meine Kindheit erinnern.

Als Elsa kurz davor war, *Let it go* zu singen, googelte ich schnell den Text, damit ich nicht allein aus vollem Herzen mitträllern musste. Akio begann jedoch, bei meinen kläglichen Versuchen, die richtigen Töne zu treffen, anstatt zu singen, zu lachen. Schmollend boxte ich ihm in die Seite. Es gehörte einfach dazu, mitzusingen.

Gegen zwanzig Uhr war der Film zu Ende und wir machten uns auf zur Party.

„Und, wer ist dein Lieblingscharakter?", fragte ich heiter.

„Ich glaube, ich mag Sven am liebsten", meinte Akio dann und drehte den Kopf in meine Richtung.

„Lass mich raten: Du magst besonders seine Synchronstimme."

Seine Brust bebte, als er lachte. „Genauso ist es, Löckchen. Aber ich weiß wirklich nicht, wie ich bisher ohne Olaf auskommen konnte", scherzte er und gab mir an der Tür meine Jacke.

„Das frage ich mich ernsthaft auch." Ich grinste und freute mich, dass ihm der Film so gut gefallen hatte.

Wir verließen das Haus und schlenderten die geschotterten Wege entlang. Die nächtliche Luft war kalt, brannte sich in meine Lunge ein. Am Himmel bewegte sich keine Wolke, was die Dunkelheit mit Sternenlicht füllte. Es war still, als würden sich die Vögel, die über den Winter hierblieben, schon auf das nahende Feuerwerk vorbereiten.

Nur etwa zehn Minuten später erreichten wir die Party. Schon von weitem hörten wir die donnernde Musik über die Straßen ziehen. Die Stadthalle war mit bunten Lichterketten und Plakaten geschmückt.

Etwas nervös begann ich, an dem Saum meines Rockes zu nesteln. Ich war zuvor noch nie auf einer so großen Feier gewesen, hatte also keine Ahnung, was mich genau erwartete.

„Bist du etwa nervös, Löckchen?" Ich spürte Akios Atem an meinem Ohr vorbeiziehen. Ein Schauer lief mir über den Rücken. Ich sah zu ihm auf. Das farbenfrohe Flimmern der Lichter spiegelte sich in seinen dunklen Augen, was ein schöner Kontrast war.

Er lächelte. „Du kämpfst gegen Drachen und Götter, hast aber Angst vor ein bisschen Spaß?"

„Du verstehst das nicht."

„Was verstehe ich nicht?"

„Dass ich noch nie bei sowas mitgemacht habe", gab ich zu. Er hob eine Braue.

„Um so besser. Du kannst vollkommen ohne Erwartungen da rein gehen."

„Versprich mir, dass du bei mir bleibst."

„Ich könnte nicht einmal mit dem Gedanken spielen, dich allein zu lassen." Ich kicherte bei seinen Worten, die direkt aus einem Roman stammen könnten.

Wir gingen durch den Eingang und wurden von stickiger Luft und flackernden Lichtern empfangen. Schnell unterdrückte ich den inneren Drang, auf der Stelle wieder umzukehren. Allein Akio zuliebe, der solche Veranstaltungen wirklich zu genießen schien. Mit einem perfekten Lächeln sah er sich in der großen Halle um.

Am gegenüberliegenden Ende war ein großes Podest aufgebaut, auf dem ein DJ gerade *Hangover* von *Taio Cruz* auflegte. Davor bewegten sich viel zu viele Menschen im Takt. In der rechten Ecke war eine Bar, an der einige Leute lehnten und gespannt die Menge beobachteten.

Der Song, der in dieser Version eigentlich vor allem aus dröhnenden Bässen bestand, wechselte zu etwas, womit ich schon eher etwas anfangen konnte.

„Siehst du Dee und Finley irgendwo?", rief ich zu Akio. Ich hatte sogar Probleme dabei, meine eigenen Worte zu verstehen. Akio senkte gerade den Kopf, da spürte ich einen heftigen Ruck.

„Du bist da!", quiekte meine Freundin überrascht und umarmte mich. Dabei lehnte sie sich so sehr gegen mich, dass ich beinahe den Boden unter den Füßen verlor.

„Das ist ja was", meinte Finley, der hinter ihr auftauchte, „unsere Jamie auf einer Party. Und dann auch noch auf der größten des Jahres!" Er nahm einen Schluck aus einem großen roten Plastikbecher. Dann hielt er ihn uns entgegen. „Wollt ihr auch?"

Ich schüttelte den Kopf. „Du weißt, ich trinke nicht."

„Ich aber." Akio nahm ihm den Becher ab und trank ein paar Schlücke.

„Trink bitte nicht zu viel. Ich will nicht allein mit drei Betrunkenen nach Hause gehen müssen", beschwerte ich mich und nahm ihm den Becher ab.

„Von einem Drink wird man nicht betrunken, Löckchen."

Ich lächelte etwas nervös. Zwischen uns machte sich Stille breit, die von den stetigen Bässen durchschnitten wurde.

„Ich will tanzen!", rief Dee plötzlich, nahm meine Hand und zog mich hinter sich her, in die Menge.

Ich versuchte gegen sie anzukämpfen, was jedoch keinen Sinn hatte. Hilflos sah ich zu Akio auf, der mir lachend hinterhersah. Dann lehnte er sich zu Finley und sagte ihm irgendetwas. Wieder begann er zu lachen.

„Komm Jamie! Lass ihn mal für ein paar Minuten und tanz' einfach!"

Ich sah zu Dee. Als hätten die Götter sie genau hierfür erschaffen, bewegte sie ihren Körper so elegant zur Musik, dass alle anderen neben ihr wie blutige Anfänger wirkten.

„Ich glaube ich kann das nicht."

„Blödsinn! Und selbst wenn: Niemand hier kann tanzen!"

Ich atmete tief durch. Das konnte ja nicht so schwer sein. Ich begann, mich auf die Melodie zu konzentrieren, ließ den schnellen Takt in meinen Ohren nachhallen und hieß den Rhythmus willkommen. Einfach loslassen.

Die Songs wechselten und ich konnte es kaum glauben, aber das Ganze machte mir tatsächlich Spaß! Zu wissen, dass keiner sich darum kümmerte, wie man sich bewegte machte es so ungeahnt einfach. Natürlich wäre mir auch so die Meinung der anderen egal gewesen...

Ich sah zu den anderen Menschen. Alle lachten und schienen den Spaß ihres Lebens zu haben. Einige Klassenkameraden kamen zu uns und lallten irgendwelche Begrüßungen. Andere sah ich mit Getränken am Rand stehen. Ich ging weiter die Gesichter durch, bis mir plötzlich der Atem stockte.

Nein, das konnte nicht sein. Ich musste mir das Gesicht meiner Adoptivmutter eingebildet haben. Sicher hatten mir meine Augen bei dem Flackern der Lichter einen Streich gespielt. Ich atmete durch und konzentrierte mich wieder auf meine Freundin die viel zu glücklich dafür war, als dass ich mich jetzt mit Sashiko rumschlagen sollte. Also passte mein schlagendes Herz sich wieder der Musik an.

Ich weiß nicht, wie viel Zeit vergangen war, bis Dee das Tanzen einstellte. Erst bemerkte ich es gar nicht, so sehr freute ich mich über diese neu gefundene Freiheit. Wir lachten die ganze Zeit. Entweder, weil wir uns irgendwelche unlustigen Witze erzählten, oder weil wir uns über irgendwelche gaffenden Jungs lustig machten. Warum war ich zuvor nie mit ihr mitgegangen?

„Ich gehe mir mal was zu trinken holen", meinte sie im nächsten Moment etwas aus der Puste und wackelte mit den Augenbrauen. Ich nickte nur und wollte ihr hinterher gehen, da hielt mich jemand am Handgelenk. Ich wirbelte herum.

„Willst du mich etwa allein lassen?", fragte Akios tiefe Stimme. Er legte die Arme um meine Taille und sah zu mir runter.

Ich verengte die Augen. „Wo warst du?"

„Nicht weit weg. Nur was trinken." Er zwinkerte mir zu. „Und wie ich sehe, hast du auch ohne mich eine Menge Spaß."

Ich nickte, trunken vom Adrenalin und glücklich, hier zu sein. In dem Moment lehnte Akio sich vor, sodass seine Haare meine Stirn kitzelten. Sein warmer Atem zog regelmäßig über meine Haut, seine braunen Augen glänzten aufgeregt in den flackernden Lichtern. Dann legte er, ohne ein weiteres Wort, seine Lippen auf meine. Überrascht ließ ich die Berührung zu, schloss langsam die Augen. Die Musik hallte nur noch dumpf in meinen Ohren wieder, als er mich noch näher zu sich zog. Ich schmeckte die bittere Herbe des Alkohols, den er getrunken hatte. Seine rechte Hand wanderte an meiner Taille hinauf, an meinen Hals. Ich schnappte nach Luft, als er mir leicht in die Unterlippe biss.

„Wuhuuu!", schrie plötzlich die Stimme meiner besten Freundin. Wir zuckten zusammen.

„Lasst euch doch nicht stören! Macht weiter!" Sie hielt ihren befüllten Becher in die Luft. Ich kicherte und trat einen kleinen Schritt von Akio zurück.

Plötzlich stolperte Dee, verlor das Gleichgewicht und fiel auf mich zu. Aus den Augenwinkeln sah ich eine dunkle Gestalt an uns vorbei ziehen. Gerade rechtzeitig konnte ich Dee auffangen.

„Aua! Was war das?", fragte sie laut und rappelte sich schnell wieder auf. Sie drehte sich zu der verschwundenen Gestalt um. Verwirrt sah ich ihr in die Augen.

„Was denn?"

Einen Moment lang starrte sie mich einfach nur an. Dann schüttelte sie den Kopf. „Nein, alles gut. Ich dachte nur... ist ja auch egal."

Erst wollte ich mir ernsthafte Sorgen um sie machen, doch dann schob ich ihr Verhalten auf den Alkohol.

„Vielleicht solltest du was trinken", schlug ich vor.

Überrascht sah Akio mich an.

„Wasser meine ich!"

„Nein! Alles gut! Mir geht es super!", schrie Dee und fing schon wieder an zu tanzen.

„Wenn du meinst", murmelte ich und sah zur Bar. „Dann geh ich mir eben allein was holen."

Ich nahm Akios Hand und ging los.

„Alleine bedeutet also, dass du mich einfach überall mit hinziehst, wo du hingehst?"

„Jaaaa", sagte ich gedehnt, „vor allem, wenn hier so viele betrunkene Typen sind, die mich in irgendeine dunkle Ecke schleifen könnten."

„Überzeugt."

An der Bar bestellte ich mir ein stilles Wasser. Noch etwas außer Atem sah ich auf die Tanzfläche. Hätte mir jemand am Anfang diesen Jahres, als mein größtes Problem noch die Schule gewesen war, gesagt, dass sich die Dinge so entwickeln würden, hätte ich ihn wahrscheinlich in die nächste Psychiatrie geschickt.

Allein dieses unfassbare Abenteuer in Japan hätte ich keinem abgenommen. Doch es war passiert. Ich hatte die sechs Li-Götter gesehen, einen von ihnen heraufbeschworen und gegen zwei von ihnen gekämpft. Wer weiß, vielleicht war einer von ihnen gerade hier, in der Gestalt eines vollkommen normalen Menschen?

Nachdenklich drehte ich das kühle Armband auf meinem Handgelenk hin und her. Es war ein indirektes Geschenk meiner Eltern gewesen. Der Schlüssel zur Macht der Götter, die ich letztendlich zerstört hatte. Ob das wirklich die richtige Entscheidung gewesen war, weiß ich bis heute nicht. Allerdings haben sich die Götter nicht darüber beschwert – naja, außer Seya und Liwano natürlich. Sie hatten schließlich versucht, die gesamte Macht der Götter, die in dem schlagendem Herzen gesteckt hatte, an sich zu reißen.

Trotzdem hatte Seyas Schlange Kirei auf unserer Seite gestanden. Soweit Schlangen eben stehen konnten.

Ich lächelte bei dem Gedanken an meine erste Reaktion, als ich das Tier gesehen hatte. Ein Wunder, dass Akio mich nach diesem filmreifen Schrei nicht aus seiner Wohnung geschmissen hatte.

„Worüber denkst du nach?", fragte auf einmal seine tiefe Stimme direkt an meinem Ohr. Schnell verließ ich meinen Gedankentunnel.

„Nichts. Ich dachte nur..."

„Was?"

„Ich möchte nur, dass das nächste Jahr so wird, wie das letzte halbe Jahr."

„Ich fühle mich geschmeichelt." Leicht stupste er mich mit dem Ellenbogen an.

„Hast du dir irgendwas fürs nächste Jahr vorgenommen?"

Er schien über meine Frage nachzudenken.

„Ich hatte darüber nachgedacht, meine Brüder zu besuchen", sagte er nach einer Weile und blinzelte. Ich schluckte. Ich hatte Rau und Naohito nicht gerade als die „netten großen Brüder" kennengelernt.

„Ich weiß, du hast wahrscheinlich ein ziemlich verstörendes Bild von ihnen, aber sie sind nunmal meine Brüder."

„Naja, bis auf, dass sie uns entführt, verfolgt und bedroht haben, wüsste ich nichts, was gegen sie einzuwenden wäre."

Akios Schultern begannen zu beben, als sich seine Mundwinkel nach oben zogen. Seine Grübchen erschienen.

Dann sah er auf, um uns herum verließen immer mehr Leute die Stadthalle. Er sah auf seine Uhr.

„In einer Viertelstunde haben wir das Jahr offiziell ohne großen Beziehungskrieg überstanden."

„Wir hatten überhaupt keinen Beziehungskrieg", lachte ich und boxte ihn leicht gegen den Arm.

„Dafür schlägst du aber ganz schön stark zu."

Ich verdrehte die Augen, stellte mich auf die Zehenspitzen und gab ihm einen Kuss auf die Wange.

„Und trotzdem hatten wir keinen Beziehungskrieg." Ich nahm seine Hand. „Komm, wir müssen raus und uns das Feuerwerk ansehen!"

Draußen begrüßte uns die winterliche Kälte. Mein Atem bildete kleine Wölkchen und zog schwerelos an mir vorbei. Schnell schloss ich den Reißverschluss meiner Jacke. Akio schien mein Frieren bemerkt zu haben, legte einen Arm um meine Schultern und zog mich an sich.

Die Anderen hatten sich schon einige Meter vom Gebäude entfernt und versammelten sich unter dem klaren Sternenhimmel.

Am Rand sah ich Dee mit irgendeinem Typen stehen.

„Da seit ihr ja", meinte plötzlich Finley und tauchte neben Akio auf. „Wisst ihr wer dieser Typ neben Dee ist?"

Ich schüttelte den Kopf. Enthielt sie mir etwa einen Freund vor? Grinsend löste ich mich von Akio und rannte auf sie zu.

Doch als sie und der Unbekannte mich bemerkten, drehte dieser sich um und verschwand, als könnte er mit der Nacht verschmelzen.

„Wer war das denn?", fragte ich aufgedreht. Aus dem Lauf heraus fiel ich ihr in die Arme. Obwohl es dunkel war hätte ich wetten können, dass ihre Wangen rot wurden.

„Niemand", sagte sie zu schnell und verschränkte die Hände hinter dem Rücken.

„Pfff von wegen! Du verheimlichst mir doch nicht irgendwen Wichtigen?"

„Nein! Er... Ich kannte ihn gar nicht. Er hat mich nur etwas gefragt."

Ich musste zugeben, meine Freundin konnte viele Sachen wirklich gut. Lügen gehörte allerdings nicht dazu. Aber ich würde noch herausfinden, wer dieser Fremde war.

In dem Moment schlenderten Finley und Akio lachend zu uns. Unsere Blicke trafen sich.

„Und, wer ist es?", wollte Finley wissen. Abwartend verschränkte er die Arme vor der Brust.

„Niemand", sagte Dee grinsend, „ihr seid alle unmöglich."

Wir warteten noch ein paar Minuten, dann begannen die letzten Sekunden dieses Jahres. Das Getuschel verstummte, stattdessen riefen wir alle im Chor die verstreichenden Sekunden in den Himmel.

DREI!

ZWEI!

EINS!

Lautes Knallen hallte durch die Nacht und mehrere Feuerwerkskörper explodierten über uns. Diverse Farben knisterten über den Himmel und erloschen auf ihrem Weg nach unten. Fasziniert beobachtete ich die magischen Lichteffekte. Immer wieder sprühten Funken durch die Dunkelheit und erhellten kurzzeitig die Umgebung.

Erst, als die letzten Feuerwerke gezündet waren, löste ich meinen Blick vom Himmel. Die eintreffende Ruhe wurde schnell wieder von Gesprächen gefüllt.

„Nächstes Jahr nehme ich dich mit nach Japan und zeige dir, wie ich Silvester feiere."

„Habt ihr keine Feuerwerke?"

„Im Sommer, dann schon. Aber Silvester feiern wir anders."

„Ich freu mich schon darauf."

Wir blieben noch ein paar Stunden, bis selbst die Musik meinen Energiepegel nicht mehr aufrecht erhalten konnte. Akio und ich verabschiedeten uns von einigen Leuten, die ich aus der Schule kannte und ein paar anderen, mit

denen Akio sich erst vor ein paar Stunden ange-
freundet hatte. Schließlich umarmte ich Dee.

„Es war soooo toll, dass du da warst! Und
dass Akio da war! Habe ich euch schonmal gesagt, dass ich euch mega toll finde? Ihr seid
mega toll! Ihr könntet die Helden in einem Roman sein!", lallte sie gestikulierend. Ich wusste
nicht, was ich darauf antworten sollte, also
ignorierte ich ihre letzten Worte einfach.

„Ich fand es auch sehr schön. Sehen wir uns
die Tage?"

Dee wollte gerade zu einer Antwort ansetzen, da übernahm Finley das für sie.

„Ganz bestimmt. Euch auch noch einen
schönen Abend." Er hob kurz die Augenbrauen.
Ich spürte, wie meine Wangen wärmer wurden
und sich das Blut in meinem Kopf ansammelte.

„Pass' ja auf Dee auf", sagte ich dann etwas
besorgt um meine Freundin.

„Als ob ich sie betrunken allein nach Hause
stolpern lassen würde." Finley lachte auf.

„Ich bin nicht betrunken!", protestierte meine Freundin. Ich stockte.

„Dee, deine Hand ist ja vollkommen weiß."

„Was?" Sofort untersuchte sie ihre Hand.
„Nein! Das ist nur, weil mir kalt ist. So kalt wie
der Schnee."

Ich lächelte. Dee war ein gutes Beispiel, warum ich lieber die Finger von Alkohol ließ.

Dann verließen wir das feiernde Getümmel. Der Weg zurück dauerte nicht lang. Die Sterne zogen über uns vorbei, der beißende Wind scheuchte vereinzelte Schneeflocken in Richtung Meer. Hand in Hand schlenderten wir über die knirschenden Wege zurück. Nach ein paar Minuten standen wir vor der Tür zu meinem Cottage.

Akio räusperte sich. „Jamie?"

Bei dem Klang meines Namen ließ mein Herz einen Schlag aus. „Ja?"

Unsere Blicke trafen sich. Sein Adamsapfel machte einen kleinen Satz, als er schluckte.

„Ich wollte mich nur bedanken. Ich meine, du hast mich einfach so hier aufgenommen. Und das, obwohl wir uns gerade erst kennengelernt hatten. Das... Vorher hatte ich nie wirklich ein festes zu Hause. Diese Kammer, die du kennst, ist eher eine Art Unterschlupf." Er machte eine kurze Pause und sah mir in die Augen. Vorsichtig hob er eine Hand und strich mir eine vom Wind erfasste Strähne hinters Ohr.

„Bei dir fühle ich mich zu Hause, Jamie."

Ich versuchte zu schlucken und den Druck hinter meinen Augen zu lindern, doch es brachte nichts.

Ein fast schon schüchternes Lächeln huschte über seine Mundwinkel.

„Tut mir leid, ich wollte nicht, dass du nach deiner ersten Party weinen musst."

„Nein! Entschuldige dich doch nicht! Du weißt nicht, wie viel mir diese Worte bedeuten." So beiläufig wie möglich wischte ich mir eine Träne weg. „Hätte ich dich einfach auf der anderen Seite der Welt gelassen, hätte ich mein Zuhause da gelassen. Vielleicht ist es, weil Grandpa gerade verschwunden war, aber ich bin unfassbar froh, dich hier zu haben, Akio."

Für ein paar Herzschläge sahen wir uns einfach nur an. Dann begann er zu lachen.

„Was ist?", fragte ich und ließ mich von ihm anstecken.

„Ich glaube, eine Menge Leute würden das gerade sehr kitschig finden."

„Ist mir doch egal", sagte ich grinsend.

„Gute Einstellung."

„Ich weiß." Ich kicherte, während ich mich umdrehte und endlich die Tür aufschloss. Wir betraten die knarrenden Dielen. Nachdem wir die vor Kälte triefenden Jacken und Schuhe ausgezogen hatten, gingen wir ins Wohnzimmer.

„Einen Tee?", fragte Akio und ging um die offene Kücheninsel.

„Immer doch." Ich nahm die dicke Wolldecke vom Sofa und legte mir den flauschigen
Stoff um die Schultern. Dann ging ich zur Küche, wartete bis das Wasser kochte und nahm
Akio dann eine Tasse ab. Gemeinsam setzten
wir uns noch kurz aufs Sofa und wärmten uns
wieder auf.

Plötzlich hallte die Melodie der Türklingel
bis zu uns, ins Wohnzimmer. Instinktiv musste
ich an gestern –nein, vorgestern – denken, als
Tane einfach so in dieses Haus geplatzt war. Ist
er nochmal zurückgekommen? Nein, er hatte,
ohne die Klingel zu beachten, einfach gegen die
Tür geschlagen.

Bevor ich weiter darüber nachdenken konnte, war Akio schon aufgestanden und ging zur
Tür. Ich blieb auf dem Sofa sitzen und nahm die
Teebeutel aus unseren Teetassen. Aus der Entfernung hörte ich, wie Akio die Tür öffnete.
Doch die Stimme, die nun von draußen erklang,
war nicht die eines Gottes. Es war Finleys, die
bei jedem zweiten Wort unkontrollierte Tonla-
gen annahm. Er klang vollkommen aufgelöst.

Entschlossen stand ich auf und wollte gerade
zu ihnen gehen, da betrat Finley schon das
Wohnzimmer. Mein Herz blieb stehen. Akio
und er stützten Dee von beiden Seiten. Sie war
bewusstlos und vollkommen weiß im Gesicht.

Als hätte sie keinen Tropfen Blut mehr im Kopf. Auch ihre Haare verfärbten sich vom Ansatz aus.

Erschrocken schrie ich auf und rannte ihr entgegen. Viel zu schockiert, als dass ich einen rationalen Gedanken fassen könnte.

$\mathscr{K}$apitel 3

„Was ist passiert?!", kreischte ich wahrscheinlich viel zu laut.

Finley schluckte. „Wir sind zusammen zurückgegangen und auf einmal…", kurz sprach er nicht weiter. Ich hatte ihn noch nie so fertig gesehen, was mich noch mehr beunruhigte. „Auf einmal fällt sie einfach in sich zusammen. Ich konnte sie gerade noch auffangen und weil der Weg kürzer ist, habe ich sie dann hier hin getragen. Was ist los mit ihr?"

Ich sah von Finley zu Akio, der genauso besorgt aussah.

Denk nach, Jamie, befahl ich mir selbst. „Wir sollten sie erstmal hinlegen", beschloss ich und hob die dicke Wolldecke hoch. Die

Jungs nickten nur und wirkten wie benommen, als sie den zerbrechlichen Körper meiner Freundin niederließen.

Nachdem ich die Decke über ihr ausgebreitet hatte, brannten meine Augen. Dees Puls war schwach.

„Wir müssen den Notarzt rufen." Finleys Stimme bebte, ließ die Verzweiflung durch, die in uns allen brannte.

„Nein", Akio strich langsam mit der Hand über meinen Rücken, doch mein Herz stockte. „Ich habe sowas schon einmal gesehen. Ein menschlicher Arzt wird ihr nicht helfen können."

Mein Innerstes begann zu zittern. „Was ist mit Dee los, Akio?"

Er räusperte sich und sah kurz zu Finley. „Jotaro – also Liwano – hatte mir damals verschiedene Techniken gezeigt, um mich zu verteidigen. Dabei war auch eine Flüssigkeit: Wou-Wasser. Er hatte es mir an einer Ratte gezeigt. Man muss diese Flüssigkeit nur berühren und man ... man stirbt etwas später. Bei Menschen dauert es zwar länger, aber die Zellen verlieren trotzdem ihre Farbe und werden vollkommen weiß."

„Das heißt, dass Dee wirklich *sterben* kann?!"

„Das heißt, dass wir schnellst möglich ein Gegenmittel finden sollten." Akio versuchte mich mit seiner ruhigen Stimme wohl zu beruhigen, doch er bewegte damit nur das Gegenteil. Kalte Tränen brannten hinter meinen Augen und meine Kehle schnürte sich zu. Das Atmen fiel mir schwerer, und trotzdem versuchte mein Herz mühsam, seinen Takt regelmäßig zu halten.

Ich wandte mich von meiner Freundin ab und ging Richtung Tür. Mein Innerstes rebellierte, wusste, dass ich jetzt bei meiner Freundin sein sollte.

Doch ich konnte es nicht.

Es war zu viel. Sie so zu sehen raubte mir jegliches Denkvermögen, jeglichen Sauerstoff, nach dem sich meine hungernde Lunge so sehnte.

„Wo willst du hin?", hörte ich Akios Stimme nah hinter mir. Der Kloß in meinem Hals verhinderte, dass auch nur ein Ton meine Lippen verlassen konnte. Schließlich ertönte nur ein ersticktes „Raus", womit ich die Tür öffnete und in die kühle Nacht hinausrannte.

Es regnete. Der eiskalte Wind peitschte mir die Wassertopfen, die vom Meer kamen, ins

Gesicht. Doch es schmerzte noch lange nicht so sehr, wie Dees Anblick. Wie hatte das passieren können? Ihre Verfassung musste mit etwas aus dem Reich der Götter zusammenhängen. Wie sollten wir ihr also helfen? Meine Nerven waren zum Zerreißen gespannt. Ich konnte weder geradeaus noch in irgendeine andere Richtung denken.

Mein Kopf schmerzte, aber ich wollte die Tränen nicht loslassen. Ich musste stark bleiben und zurück zu Dee gehen. Es war nur so unfassbar schwer.

Hinter mir hörte ich das satte Knirschen des Sandes.

Akios verschwommene Silhouette ging auf mich zu. Ich spürte seine Arme, die sich um meinen Körper legten. Die Berührung gab mir Halt und dämmte mein Zittern. „Lass los", flüsterte er leise. „Weinen ist kein Zeichen von Schwäche, Löckchen."

Kurz weigerte ich mich auf ihn zu hören, doch ich wusste, dass er wieder mal Recht hatte. Schließlich nahm ich seinen Geruch mit einem kräftigen Atemzug auf und schloss dann die Augen. Der Druck löste sich und ich spürte, wie sich meine Tränen ihren Weg nach unten bahnten. Schluchzend legte ich meinen Kopf in Akios Schulter. Seine Nähe tat gut, so unsagbar gut. Wieder atmete ich, bis meine Lunge nicht mehr brannte.

Eine Weile ließ Akio mir Zeit. Dann fing er an, seine Hände leicht über meinen Rücken streichen zu lassen. „Geht's wieder?", fragte seine tiefe Stimme.

„Ja." Ich löste mich ein kleines Stück von ihm, wischte mir schnell die Tränen vom Gesicht und sah in seine treuen Augen hinauf. Mit einer Hand wischte er vorsichtig eine letzte Träne von der Wange.

Gerade wollte ich zurückgehen, da erleuchtete auf einmal etwas die kalte Dunkelheit. Vor uns, ein Stück über dem Meer, nutzte ein Adler den Wind und ließ sich von ihm in der Luft halten. Das Tier leuchtete in einem majestätischen Gold und einzelne Lichtfäden zogen sich in die Luft. Es sah wunderschön aus. Und war somit das genaue Gegenteil von meinen Gefühlen. Diese waren verwirrt, traurig und verloren. Der Anblick war so verworren, dass ich mich nicht einmal fragte, was ein leuchtender Adler an der Küste Schottlands zu suchen hatte.

„Jamielle."

Mein Herz stockte und auf einmal hatte ich das Gefühl, in der Vergangenheit zu stecken. Ein Déjà-vu. Vor einem halben Jahr stand ich an genau dieser Stelle, war verzweifelt gewesen und hatte in die offene See geschrien. Nur war es eine leuchtende Schlangenhaut gewesen, die meine Aufmerksamkeit auf sich gezogen hatte. Kein Adler. Und die Stimme. Sie hatte Seya gehört, die mich dann nach Japan gebracht und benutzt hatte. Diese Stimme war anders. Rauer. Tiefer. Maskuliner. Irgendwie kam sie mir bekannt vor.

„Du musst in unser Reich, Jamielle." Die Stimme war nicht mehr als ein Flüstern, doch ich hörte sie so deutlich, wie Akios.

„Wir werden dir helfen..." Damit bewegte sich der Adler, schwebte fast schwerelos an uns vorbei, und flog hinauf zu dem kleinen Cottage. Schnell sah ich zu Akio.

„Hast du die Stimme auch gehört?", fragte ich leise. Er nickte nur, nahm meine Hand und lief dem Adler, durch die Dunkelheit hindurch, nach.

Als wir wieder die Dielen des Hauses betraten, saß der Adler schon neben Finley auf dem Boden.

„Jamie, Akio! Dieses *Ding* war auf einmal da!" Erschrocken zeigte auf den scheinbar aus Licht bestehenden Vogel.

„Der Adler repräsentiert Ean. Den Gott des Schutzes", realisierte ich, „richtig, Akio?"

„Hundert Punkte, Löckchen", sagte Akio ernst. „Und er wird uns außerdem in das Reich der Li-Götter bringen."

„Er wird WAS?!", fragte Finley, als hätten wir ihm gesagt, dass nur ein Sprung aus einem Flugzeug Dee wieder gesund machen würde.

„Auf der Erde werden wir nichts finden, was Dee heilen wird." Nervös ging Akio sich durch die Haare. „Wir werden also in das Reich reisen müssen, aus dem das Gift herkommt."

„Wie Ean es uns gesagt hat", vervollständigte ich Akios Schilderung.

„Ihr habt gerade mit einem *Gott* gesprochen?" Finley stand auf und strich sich seine blonden Haare nach hinten. Machten das eigentlich alle Jungs, wenn sie nervös waren?

„Du musst nicht mitkommen, Finley. Wir können auch..."

„Nein, Jamie. Dee ist auch meine Freundin. Da werde ich sie nicht einfach so sterben lassen." Als er die Worte aussprach, verstummten meine Gedanken. Auch er schien erst durch das laute Aussprechen der Worte zu verstehen, wie ernst die Lage war.

„Berührt euch", ertönte wieder die mysteriöse Stimme und der Adler hüpfte unruhig von einem Bein aufs andere. Angespannt sah ich zwischen Akio und Finley hin und her. Ihre sorgenvollen Blicke wirkten fast identisch.

Ich ging auf Dee zu, die zermürbend leblos da lag, und nahm ihre kalte Hand. Wir bildeten eine Kette, nahmen unsere zitternden Hände und stützten uns somit gegenseitig.

Ein seltsames Zischen zog durch die Luft und so etwas wie ein elektrischer Schlag kribbelte über meine Haut. Immer und immer wieder, als würden kleine Messer auf mich einstechen.

Eine leise Melodie erklang und verschlang die Stille. Mein Körper fühlte sich merkwürdig hohl an. Ich merkte nicht, wie ich aufhörte zu atmen. Doch meine Lungen lechzten nicht nach Sauerstoff.

Und dann, mit einem Knall, der auch von einem der Feuerwerkskörper hätte kommen können, wurde es schwarz. Und wir verließen unsere Welt.

Ein leises Rauschen lag in der Luft. Erst dachte ich, es wäre das Meer, doch es hörte sich anders an. Es war ein langer Ton auf dem dann, in unregelmäßigen Abständen, Stille folgte. Ich versuchte, die Augen zu öffnen. Es war dunkel. Hell genug, dass ich etwas sehen konnte, aber zu dämmrig, um Dinge genauer erkennen zu können. Ich blickte nach unten. Ich stand auf Holz. Auf einem Steg, um genauer zu sein. Zu meiner Linken endete er, rechts verschwand er in einer dichten Nebelwand. Der Himmel war ein Gemisch aus einem gedeckten Lila und Rot-Orangetönen. Das war das Reich der Götter? Ein paar Latten Holz und ein faszinierender Himmel?

„Mitnichten." Ich zuckte zusammen. Ein großer Mann trat aus der Nebelwand. Die kleinen Wassermoleküle schwirrten bei jedem seiner Schritte durch die Luft.

Es war derselbe Mann, der Akio und mich zu Tode erschreckt hatte. Tane, der Gott des Kampfes.

Er trug denselben Anzug wie an dem Abend, als er bei uns in Schottland aufgetaucht war. Eine schwarze Hose mit einem dunkelroten Sakko, wobei dieses jetzt noch dunkler wirkte. Sein Schnäuzer war getrimmt, sein Hemd gebügelt. Hinter dem Kragen bemerkte ich einige geschlungene Tattoos auf seiner braunen Haut.

Dee hätte jetzt gesagt, dass er eine zehn von zehn war.

„Du schmeichelst mir, Jamielle."

„Wo sind die anderen", wollte ich wissen, ohne darauf einzugehen, dass er schon wieder meine Gedanken gelesen hatte.

„Reist man in unser Reich, ist es ungewiss, wann genau man dort auftaucht. Bei manchen dauert es nicht eine Sekunde, bei anderen mehrere Minuten. Deine Freunde sind schon sicher im Palast. Bei dir hat es außergewöhnlich lang gedauert, bis du hier aufgetaucht bist."

„Wo sind wir hier?"

Tane seufzte. „Am Hafen. Er ist direkt neben unserem Palast. So haben Gäste es nicht weit, werden durch den Nebel aber erst im Unklaren gelassen, wo genau sie sich befinden. Man weiß ja nie." Er hob den Arm und bot ihn mir an, doch ich ging unbeirrt an ihm vorbei. Dieser Gott brauchte nicht noch mehr Selbstbewusstsein, und ich brauchte seine Hilfe nicht. Mit erhobenem Kinn tat ich den ersten Schritt durch die Nebelwand, ohne auf Tane zu warten. Es kribbelte auf der Haut, in meinem Gesicht, bis sich der Nebel nach etwa zwei Metern wieder lichtete.

Der Himmel hatte sich nicht verändert, zeigte nach wie vor diese warmen Sommertöne, doch dem, was sich vor mir aufbaute, kaufte ich sofort seine Göttlichkeit ab. Vor mir lag ein Schloss, mit dem es selbst Disney nicht aufnehmen konnte. Hohe Türme in glänzendem weißen Marmor, durchzogen von goldenen Adern, umringten riesige Gebäude, die ebenfalls aus dem edlen Material bestanden. Fahnen, wie aus Gold gegossen, wiegten im Wind.

Vor mir führte ein sorgfältig gelegter Weg aus kleinsten Steinplatten zu einem halbrunden Eingang, der in die Mauer zwischen den Türmen eingelassen war. Rechts und links waren etwa hüfthohe, goldene Stangen durch schwarze Seile miteinander verbunden, sodass man nicht an den Seiten des Weges herunterfallen konnte. Ich ging ein Stück an die Kante und kam aus dem Staunen nicht mehr raus. Vor mir erblühte eine wunderschöne Stadt. Ich stand scheinbar auf einer Brücke, denn es ging etwa zehn Meter in die Tiefe.

Ich lehnte mich weiter vor, erkannte, dass ich tatsächlich auf einer, zu den weißen Türmen passenden, reich verzierten Überführung stand, unter welcher die Stadt weiter verlief.

Manche Häuser waren aus dunklem Stein, andere aus helleren Materialien und wurden oft von bunten Blumen und grünen Gewächsen bewuchert. Doch es wirkte nicht ungepflegt, nein, es wirkte wie in einem Märchen.

Ich bekam eine Gänsehaut und als Tane aus dem Nebel trat, versuchte ich schnell, eine unbeeindruckte Miene aufzusetzen.

„Eine wunderschöne Stadt", sagte ich neutral.

Tane nickte. „Eryndal ist das Ergebnis eines langen Friedens." Er ging mit großen Schritten weiter auf den Eingang zu. Ich zwang mich, mich von dem traumhaften Anblick der Stadt, Eryndal, loszureißen und folgte ihm.

Die Flügeltüren aus schwarzem Ebenholz schwangen auf. Während ich hindurch ging, fühlte ich mich wie eine Prinzessin, bis mir erneut die Sprache wegblieb.

Gold in allen Tönen zierte die Wände, der Boden glänzte schwarz, als wäre er aus Obsidian gefertigt. Immer wieder schimmerten kleine weiße Sprenkel auf den Platten, sodass es aussah als hätte man den Sternenhimmel in ihm verewigt. Es roch reich und warm.

Diese Eingangshalle war riesig. Glitzernde Kronleuchter hingen von der Decke herab und brachen das bunte Licht des Himmels, das durch große Fenster hineinfiel. Eine Treppe, deren Stufen mit edlem Teppich belegt waren, führte links von mir in ein höheres Stockwerk. Rechts war eine weitere, gigantische Flügeltür. Und vor mir, in dieser riesigen Halle, stand Akio. Als er mich sah, rannte er auf mich zu.

„Ich dachte schon, du hast den Sprung nicht geschafft", sagte er aufgelöst und umarmte mich.

„So schnell wirst du mich nicht los", versicherte ich ihm nach Luft schnappend und legte meine Hände auf seinen Rücken. Der Geruch von gezündeten Feuerwerken, Wäldern und frischem Regen – der Geruch von Akio – umarmte mich. Bei ihm war ich zu Hause. Erst nach einer Weile lösten wir uns voneinander. Unter einem der gigantischen Kronleuchter standen drei Personen. Zwei Männer, einer hatte einen roten Pferdeschwanz und grüne Augen, der andere war Tane, und eine Frau. Die Frau sah genau so aus, wie die auf dem Bild, das Akio mir vor einem halben Jahr in seiner städtischen Hobbithöhle gezeigt hatte. Sie hatte langes, gewelltes Haar, das die Farbe von flüssigem Gold hatte. Ihre Augen glänzten in einem Gemisch aus blau und braun, was ein seltsames Lila ergab. Doch ich erkannte sie nicht nur von dem Foto. Auch vor Fuji, als ich das schlagende Herz aktiviert hatte, war sie da gewesen.

Ich sah von ihnen wieder zu Akio auf. „Wo sind Dee und Finley?", fragte ich so leise wie möglich.

„Dee ist oben, in einem unserer leeren Räume", antwortete der Mann mit den orange leuchtenden Haaren. Irgendwie erinnerte er mich an Ed Sheeran. Vielleicht lag das aber auch daran, dass ich sonst kaum Leute mit roten

Haaren kannte. Obwohl ich wusste, dass Grandpa früher welche gehabt hatte. Die waren nur schon vollkommen vergraut.

Der Mann räusperte sich. „Euer Freund ist bei ihr. Gwen wird euch zu ihnen bringen."

Mein Blick ging zu einer kleinen Frau, die mir bisher gar nicht aufgefallen war. Sie hatte einen langen blonden Zopf und treue braune Augen.

„Gwen ist eine Zwergin", erklärte die Frau mit den lilafarbenen Augen, die Aluna sein musste. „Ja, Jamielle, das bin ich. Ihr werdet in unserem Palast öfter auf Zwerge treffen. Fühlt euch aber trotzdem frei und wie zu Hause."

Ich nickte. Ihre Stimme klang so unfassbar nett und fast wie die eines kleinen Mädchens, das sich einfach nur darüber freute, Besuch zu haben.

Gwens Schritte hallten wie kleine Hagelkörner auf dem dunklen Boden. Sie trippelte wie ein aufgeregtes Pferd vor uns her.

Wir wurden von ihr die breite Treppe nach oben geführt. Ich ließ meine Hand über das Geländer gleiten, das von golden schimmernden Ranken geziert wurde.

Etwas nervös sah ich zu Akio. Was war, wenn der Sprung in diese Welt zu viel für Dee gewesen war? Was war, wenn es ihr nun noch schlechter ging?

Erst als die Zwergendame vor einer großen Tür hielt, löste ich mich von meinen depressiven Gedanken. Wir würden Dee retten.

Dees Zimmer war wie eine andere Welt.

Die Flure hatten in demselben Gold, Weiß und Schwarz wie die Eingangshalle geglänzt, was im starken Kontrast zu diesem Zimmer stand.

Alles war in gedeckten Pink- und Lilatönen gehalten und durch das warme Licht der vielen kleinen Lampen wirkte dieser Raum wie ein wunderschöner Sonnenaufgang. Das Bett, auf dem meine Freundin lag, war etwa dreimal so groß, wie meines zu Hause. Dees schneeweiße Haut hob sich viel zu deutlich von den dunklen Laken ab. Sie sah aus wie ein Geist. Wieder drohten Tränen meine Sicht zu überschwemmen.

„Jamie!" Finley saß auf einem Stuhl neben ihrem Bett. Auf der anderen Seite saß ein anderer Mann. Seine schwarzen Haare fielen ihm auf die Stirn und tief in meinem Inneren freute ich mich, ihn wiederzusehen.

Yuki sah mindestens genauso besorgt aus, wie Finley. Was seltsam war, denn woher sollte er meine Freundin kennen?

Er sah zu mir auf, faltete langsam die Hände unter dem Kinn und stütze somit seinen Kopf. „Hallo, Jamielle und Akio", sagte er mit rauer Stimme. Der verspielte Unterton, der seine Worte bei der Beschwörung in Japan begleitet hatte, war verschwunden. „Schön euch wiederzusehen. Obwohl die Umstände es nicht sind. Ich... Ich kann es nicht ertragen, wenn jemand leidet", meinte er dann und beantwortete meine Gedanken, „und eure Freundin leidet sehr."

„Wie können wir sie heilen?"

Yuki stockte. „Dazu müssten wir wissen, womit sie genau vergiftet wurde. Da gibt es allerdings auch nur eines, was es sein könnte." Yuki stand auf und sah aus dem riesigen Fenster. Der Himmel hatte sich dunkelrot verfärbt und unter uns blitzten die Lichter einer Stadt auf.

„Wou-Wasser", sagte Akio ernst.

„So ist es", setzte der Gott der Wahrheit wieder an, „Wou-Wasser, das Wasser aus dem Nekrothar, dem Fluss, der unsere Reiche trennt, ist das einzige, uns bekannte Mittel, das den betroffenen Körper vollkommen weiß werden lässt."

„Wird sie wieder... *normal* aussehen?", fragte ich.

„Vielleicht", meinte Yuki und drehte sich zu uns um. Seine Augen waren fast genauso dunkel, wie die von Akio. „War irgendetwas anders? Ich meine bevor Dee erkrankt ist."

Etwas verwundert sah ich erst zu Finley, dann zu Akio.

„Alles war anders", begann Finley dann, „wir waren auf einer Party, das erste Mal zu viert. Es waren viele Leute da, viele, die wir gar nicht kannten."

Akio nickte. „Wir sind aber recht früh gegangen."

Ich dachte über die Worte meiner Freunde nach. Es waren wirklich viele fremde Menschen da gewesen. Doch zwischendurch hatte ich geglaubt, einen von ihnen erkannt zu haben. „Sashiko war da", platzte es dann aus mir heraus. Die drei Männer verstummten und sahen mich mit großen Augen an. „Ich hatte es erst für Einbildung gehalten, weil ich sie so lang nicht gesehen hatte. Als ihr beide", ich sah zu Akio und Finley, „euch was zu trinken geholt hattet, waren Dee und ich auf der Tanzfläche. Ich bin mir wie gesagt nicht sicher, aber ich glaube... ich glaube sie war da." Ich versuchte den Kloß in meinem Hals runterzuschlucken.

„Davon hast du uns gar nichts erzählt." Finley verschränkte die Arme vor der Brust.

„Ich habe gedacht, dass ich es mir eingebildet hatte", beteuerte ich.

„Aber selbst, wenn diese Frau bei euch gewesen war", meldete sich wieder Yuki zu Wort, „wie hätte sie Dee mit Wou-Wasser vergiften sollen?"

Auf diese Frage folgte Stille.

„Wie auch immer, Tane hat ein Treffen einberufen", sagte Yuki dann, „wir müssen uns überlegen, was wir tun werden." Er sah zu uns, dann zu meiner besten Freundin. „Es könnte gefährlicher sein, als wir denken. Aber Dee – eure Freundin wird von unserer Energie in diesem Zustand gehalten. So kann er sich zumindest nicht verschlechtern." Damit stand er auf und ging mit einem letzten Blick auf Dee aus dem Zimmer.

Meine angespannten Muskeln lockerten sich, das Atmen fiel mir mit einem Mal leichter. Dee ging es nicht gut, ganz und gar nicht gut, aber es wird ihr immerhin nicht schlechter gehen. Diese Tatsache erleichterte mich so sehr, dass ich fast schon wieder zu weinen anfing. Mit verschwommenem Blick betrachtete ich meine schlafende Freundin.

„Sie wird wieder", versuchte Finley mich zu motivieren und legte einen Arm um meine Schultern.

„Ihr solltet den Göttern vertrauen." Die helle Stimme der Zwergin, die ich schon wieder vollkommen ausgeblendet hatte, hallte im Raum nach. „Sie werden es schaffen, eure Freundin zu heilen."

Es kostete mich jede Kraft, meine Freundin allein in diesem Zimmer zu lassen, doch schließlich folgten wir Yuki, der an der Tür gewartet hatte.

Sollten die Götter es nicht schaffen, Dee zu heilen, würde ich ihre gesamte Welt niederbrennen.

$\mathscr{K}$apitel 4

Der Raum, in den Yuki uns führte, war noch beeindruckender, als die Eingangshalle. Während Gwen sich in dem Sonnenaufgangsraum um Dee kümmerte, standen wir nun in einem vollkommen anderem. Der Boden zeigte zwar, wie im Eingang, leuchtende Sterne auf dunklem Schwarz, doch die Decke war... nicht vorhanden. Irgendwo, ganz weit oben, konnte man sie erahnen, doch davor zeigte ein weiter Himmel dieselben Farben, wie er es draußen tat. Zwischen den violetten Nebelschwaden schwebten immer wieder kleine Laternen, Kerzen und Schmetterlinge mit leuchtenden Flügeln. Ich musste direkt an den Moment denken, als *Harry Potter* das erste Mal die *große Halle* betrat.

Doch das Erstaunlichste waren wahrscheinlich die Kreaturen, die zwischen den Lichtquellen umher glitten. Kleine Wale, maximal einen Meter groß, zogen langsam ihre Bahnen über die himmelartige Decke. Hinter sich zogen sie eine leicht glitzernde Spur durch die Luft. Was machten Wale in so einem Raum? Und warum konnten sie fliegen? Trotz der dunklen Atmosphäre war der Raum hell beleuchtet. Kurz: Es war magisch.

Erst jetzt richtete ich meinen Blick geradeaus. Die Wände waren ohne Ausnahme mit Bücherregalen bestückt und in der Mitte des Raumes stand ein großer, ovaler Holztisch, durch den sich goldene Adern zogen. Mit Samt gepolsterte Stühle reihten sich um ihn herum auf. Auf der von mir aus linken Seite saßen Ean und Aluna. Am Kopfende hatte Tane seinen Platz gefunden. Yuki ging auf die rechte Seite. Als er vor dem hintersten Stuhl, welcher Tane am nächsten war, stand, deutete er uns, uns ebenfalls zu setzen.

„Seid willkommen an unserem Tisch", sagte Aluna nett und deutete auf die Plätze neben Yuki. „Die Wale sind übrigens die Botschafter unserer Welt, Jamielle. Sie überbringen Nachrichten über das gesamte Reich. Und sie können fliegen, da wir hier nur einen großen Wasserlauf haben. Sie brauchen zwar immer etwas Zeit, um Nachrichten zu überbringen, aber–" Sie stoppte sich. „Nehmt doch erstmal Platz."

Akio ließ sich neben Yuki nieder, sodass ich zwischen ihm und Finley sitzen konnte. Schräg gegenüber von Ean.

„Reizend", begann Tane und stützte die Ellenbogen auf den Tisch, „also, wir haben eine Sterbliche, die ohne unsere Energie wahrscheinlich nur noch vierzehn Sonnen hat, bis sie dem Leblosen dahinfällt. Offensichtlich wurde ihr das Wasser unseres Flusses verabreicht. Wir wissen weder, wie es dazu gekommen ist, noch wer sie infiziert hat. Ideen?"

„Eine alte Feindin wurde am wahrscheinlichen Ort der Tat gesehen. Wir sollte sie ausfindig machen und befragen", sagte Yuki mit fester Stimme. „Das hier hat Vorrang vor allem anderen. Aeron kann warten."

Tane schluckte. Ich wusste nicht genau, worüber Yuki gerade gesprochen hatte, doch ich würde es herausfinden.

„Wir sollten zu Samira gehen", ergriff nun Aluna das Wort.

„Wir werden unter keinen Umständen zu Samira gehen", sagte Tane laut. Ich versuchte mich möglichst klein zu machen, drückte mich in die weichen Polster des Stuhls.

„Sie weiß besser, wie es um die Sterbliche steht. Sie wird uns ein Gegenmittel..."

„Nein!", brüllte der oberste Gott und stand auf. „Samira wird nicht in diese Sache einbezogen."

„Ich gebe Aluna recht", meinte Ean, „wir können nicht ausschließen, dass noch mehr Menschen betroffen sein werden. Samira wird vielleicht wissen, was zu tun ist."

Mein Blick richtete sich von meinem Gegenüber zu Tane. Dieser versuchte sichtbar, sich zu beruhigen.

„Nun gut. Beim nächsten Aufbruch der Sonne wirst du, Aluna, mit den beiden Sterblichen Samiras Anwesenheit aufsuchen." Tane sah zu Akio und mir. Dann wanderte sein Blick zu Finley. „Den Dritten werden wir zurück ins Reich der Erde schicken. Er weiß zu wenig, um von Vorteil zu sein."

Mein Herz stolperte. Er wollte Finley zurückschicken?

„Entschuldigung", begann dieser, „aber ich werde ganz sicher nicht zu Hause rumsitzen, während eine meiner besten Freundinnen in Lebensgefahr schwebt und in irgendeiner anderen Dimension liegt."

Gereizt atmete Tane tief ein und wieder aus. „In Ordnung", knirschte er, hatte scheinbar keinerlei Interesse an Diskussionen, „bleibe und genieße unsere Gastfreundschaft. Sterbliche von etwas zu überzeugen habe ich schon vor Jahrzehnten aufgegeben." Damit wandte er sich ab und verließ den Raum.

„Verzeiht bitte, Tane legt sich gern mit anderen an." Aluna räusperte sich. „Ihr werdet unsere schönsten Zimmer bekommen. Falls ihr etwas braucht, könnt ihr Gwen jederzeit um Hilfe bitten. Und wenn ihr uns über den Weg lauft, stehen wir euch selbstverständlich auch zur Seite."

Sie schenkte uns ein weiteres sympathisches Lächeln und sah dann zu Gwen. Diese stand schon wieder startklar an der Tür. Dee schien es gerade also einigermaßen gut zu gehen, was mich ungemein beruhigte.

„Folgt mir, Sterbliche", sagte sie mit einer so hohen Stimme, dass man meinen könnte, sie wäre erst ein Kind. Wir erhoben uns wieder vom Tisch und verabschiedeten uns von den drei Göttern. Eans Blick lag dabei so lang auf mir, bis sich die Tür zwischen uns schloss. Ich atmete auf.

Ein Stockwerk weiter oben bekamen wir jeder ein eigenes Zimmer. Als ich meines betrat, blieb mir zum vierten Mal an diesem Tag die

Sprache weg. Wenn Dees Zimmer einen Sonnenaufgang darstellte, zeigte dieses die hellste Phase eines Vollmondes. Dunkle Tapeten säumten die Wände und der Boden war durchgehend von einem flauschigen, dunkelblauen Teppich bedeckt. Die Bettwäsche des überdimensionalen Himmelbettes hatte die Farbe von Elfenbein und passte somit zu den vielen Dekoelementen. Geradeaus waren zwei bodentiefe Fenster in die Wand eingelassen, die den blutroten Himmel ins Zimmer ließen. Daneben stand ein breiter Schrank, in den wohl auch jedes Kleid von *Sissi* reingepasst hätte. Rechts war eine weitere Tür. Überwältigt öffnete ich diese und stellte fest, dass ich ein eigenes Bad hatte. Es hatte ein hohes Fenster und war in denselben Farben, wie der Rest des Raumes gestaltet. Außerdem war es etwa so groß, wie mein Wohnzimmer zu Hause und war sowohl mit einer Dusche, als auch mit einer Badewanne ausgestattet.

Ich verließ das Bad wieder und zog meine Schuhe aus, bevor ich erneut mit ihnen auf den edlen Teppich getreten wäre. Bei den Göttern, niemals hatte ich etwas so weiches gespürt!

Im nächsten Moment dröhnte ein leises Klopfen durch den Raum. Ich riss mich von der Schönheit, die mich umgab, los und ging zur Tür. Als ich sie öffnete stand Akio vor mir.

„Hi." Etwas verlegen kratzte er sich im Nacken. „Kann ich reinkommen?"

„Natürlich." Ich lächelte das erste Mal in den letzten paar Stunden. Das erste Mal, nachdem Dee vergiftet wurde. Trotzdem fühlte es sich falsch an. Sie sollte neben mir stehen, mit mir lachen und über die Eleganz der Zimmer schwärmen. Aber das tat sie nicht.

Ich versuchte, meine Gedanken zu sortieren.

Wir würden Dee retten. Morgen, bei dieser Samira würden wir von einem Gegenmittel erfahren und dann würden wir zurück nach Hause gehen.

Akios Schritte folgten mir in meinen Vollmond-Raum.

„Wow", hauchte Akio und sah sich um. „Mein Zimmer sieht aus, als hätte *Jack Frost* es eingerichtet." Ich konnte mir ein Kichern nicht verkneifen und drehte mich zu ihm um. Er stand direkt vor mir. Sacht legte er seine Hand an meine Wange.

„Es tut mir so leid, Jamie", flüsterte er und sah mir in die Augen.

„Was tut dir leid?"

„Das mit Dee. Das ist..."

„Nicht deine Schuld", sagte ich und spielte mit seinem Haar. „Wir werden herausfinden, wer dafür verantwortlich ist."

Akio nickte. Dann legte er auch seine zweite Hand an mein Gesicht und küsste mich. Es waren all die Gefühle, die Akio mir über das letzte halbe Jahr hinweg gezeigt hatte, die auch jetzt durch meine Adern strömten. Es war Leidenschaft und Freundschaft, Fürsorge und Stolz. Und es war Liebe. Die Liebe zu uns und zu dem, was wir taten. Diese Gefühle verscheuchten die Leere, die Dees Vergiftung in mir ausgelöst hatte. Wenigstens für einen kleinen Moment konnte ich loslassen. Ein weiteres Mal konnte ich mich so glücklich schätzen, dass Seya mich damals nach Japan gebracht hatte. Zu Akio.

Kapitel 5

Der nächste Morgen begann gefühlt mitten in der Nacht. Ich hatte wahrscheinlich keine fünf Stunden geschlafen. Ein beharrliches Klopfen hatte mich aus meinen Träumen gerissen. Murrend ließ ich sie los und fand mich auf dem gemütlichen Bett neben Akio wieder. Er schlief noch. Es kam wirklich nicht oft vor, dass ich eher wach war als er, also ließ ich ihn schlafen und drehte mich um, um zur Tür zu gehen. Doch noch bevor ich aufstehen konnte, schloss sich Akios Arm um meine Taille und zog mich zu ihm zurück.

„Wo willst du hin, Löckchen?", murmelte er. Mit dem Daumen malte er kleine Kreise auf meine Haut.

„Es hat geklopft", meinte ich und grinste, als er die Augen öffnete.

„Na und?"

„Vielleicht ist irgendwas mit Dee", sagte ich leise. Akio seufzte und ließ mich schließlich gehen.

„Nächstes Mal gebe ich nicht so schnell auf", versprach er und richtete sich auf.

Mein Grinsen wurde breiter. „Das hoffe ich doch." Ich zog mir einen der vielen Morgenmäntel aus dem Schrank über und ging zur Tür.

Als ich sie öffnete stand einer der Zwerge vor mir. Hinter ihm stand eine Art Servierwagen, auf dem sich Früchte und Gebäck stapelten.

Der Zwerg hatte kurzes braunes Haar und trug ein hellrotes Gewandt, das mit kleinen silbernen Sternen übersät war.

„Euer Frühstück, Madame Craig. Die Götter wollen euch in einer halben Stunde in der Eingangshalle sehen." Mit diesen Worten schob er den Wagen an mir vorbei und stellte ihn vor dem Bettende ab. An der Tür zum Bad verharrte sein Blick kurz. Von hier konnte ich die Ursache nicht sehen, doch danach verließ der Zwerg mit demselben neutralen Gesichtsausdruck wie zuvor mein Zimmer. Langsam schloss ich die Tür.

Als ich wieder ins Zimmer ging, war das Bett leer.

„Der hat mich angeguckt, als hätte ich Hörner", hörte ich dann Akios Stimme sagen. Er lehnte im Rahmen der Tür, die ins Bad führte. Mit nichts als seinen schlichten Shorts am Körper. Ich kicherte.

„Wenn du halbnackt in meinem Zimmer stehst, ist das auch kein Wunder."

Als Akio lächelte, erschienen die Grübchen auf seinen Wangen. Für einen Moment betrachtete ich ihn einfach nur, dann wandte ich mich dem Frühstück zu.

„Gefalle ich dir etwa?", fragte Akio amüsiert.

„Hör auf mit deinem Körper anzugeben, Romeo. In einer halben Stunde müssen wir unten sein."

„Ich habe nicht angegeben", beschwerte er sich und kam zu mir. „Blumen geben auch nicht an, nur weil man sie schön findet und länger betrachtet."

„Du bist unmöglich", gab ich zurück und nahm mir eines der sternförmigen Gebäckstücke. Der Teig glich dem eines Croissants, doch als ich hineinbiss breitete sich ein vollkommen anderer Geschmack in meinem Mund aus.

„Das musst du probieren", sagte ich zu Akio und hielt ihm meinen angebissenen Stern hin. Ohne zu zögern biss er eine Zacke ab.

„Wow, es schmeckt ja nach..." Er überlegte. „Zimt, Beeren und Rauch?"

Ich lachte. „Ja, oder?"

Wir frühstückten zu Ende und zogen uns danach die edle Kleidung an, die uns die großen Schränke zur Verfügung stellten. Ich entschied mich für eine enge schwarze Jeans und eine dicke rote Tunika. Meine Haare band ich mir zu einem hohen Zopf zusammen. Nur einzelne Strähnen hingen an meinen Schläfen herab. Zufrieden verließ ich das Bad. Akio war in sein Zimmer gegangen, da er wohl in keines der Kleidungsstücke aus meinem Schrank passen würde. Plötzlich klopfte es an der Tür. Eilig zog ich mir ein paar Stiefel an, die dick genug aussahen, dass ich nicht frieren würde. Dann öffnete ich die Tür.

Vor mir stand Akio, in einer einfachen Jeans. Wie ich trug auch er eine Tunika, seine war jedoch schwarz mit braunen Verzierungen.

„My Lady", sagte er und hielt mir seine Hand entgegen. Ich grinste. Für mich sahen wir aus, als kämen wir direkt aus dem Mittelalter.

„Seid ihr soweit?", fragte Finley, der auf einmal hinter Akio auftauchte. Er hatte sich für

Grüntöne entschieden. Ich nickte auf seine Frage hin. Zusammen begaben wir uns in die Eingangshalle.

Schon auf den breiten geschwungenen Treppen nach unten konnte ich die Stimmen der Götter hören. Es war so surreal, wirklich hier zu sein und diese, in unserer Welt perfekt scheinenden Heiligen, streiten zu hören. Ich glaube, es waren vor allem Tane und Ean, die sich ein Wortgefecht lieferten. Als sie uns sahen, verstummten sie jedoch.

„Da seid ihr ja", brummte Tane, „wir haben nicht die nächsten zwanzig Sonnen für diesen Besuch eingeplant."

„Verzeihung", sagte ich kleinlaut und senkte den Blick. Waren wir etwa so viel zu spät? Laut Akios Armbanduhr haben wir ziemlich genau eine halbe Stunde gebraucht.

„Die Uhr deines Freundes wird dir in dieser Welt nicht helfen können", meinte Ean ruhig. „Hier vergeht die Zeit schneller. Ein Tag in eurer Welt sind hier zwei. Wir messen die Zeit hier mit der Hilfe des Mondes."

„Mit dem Mond?", sprach Finley meine Gedanken aus.

„Wir reden hier nicht von Tagen, sondern von Sonnen", erklärte Aluna. „Und einer unserer Monde steht stets mit ihr am Himmel. An ihm können wir die Zeit ablesen. Doch nun sollten wir losgehen." Sie legte sich einen Umhang um, der mit seinem dunklem Magentaton wunderschön an ihr aussah. Bronzefarbene Ranken zogen sich über den Stoff. Alunas Haare waren in mehrere Fischgretenzöpfe gebändigt. Sie war der Inbegriff einer Göttin.

Als ich ihr in die Augen sah, lächelte sie mir zu.

„Yuki ist bei eurer Freundin. Ean und ich werden hierbleiben", sagte Tane. „Aluna wird euch zu Samira führen."

„Ich habe darauf bestanden, dass sie hier bleiben, um keine unnötigen Kriege zu entfachen", meinte die Göttin leichtfertig und zwinkerte uns zu.

„Für dich wäre ich also in der Lage dazu?", zog Tane sie auf. Kurz sah Aluna ihn verdutzt an. Auch ich war überrascht über diesen plötzlichen Sinn für Humor. Dann wanderte ihr Blick zu uns.

„Wir sollten gehen", sagte die Göttin, drehte sich vor dem Gehen jedoch noch einmal zu dem großen Gang, der rechts neben der Tür, durch die ich gestern dieses Schloss betreten hatte, lag. „Silia!"

Auf ihren Ruf hin kam eine unfassbar große Wölfin mit glänzendem, langem Fell aus dem Gang. Für einen Moment blieb sie stehen und musterte jeden Anwesenden. Dann schritt sie anmutig zu Aluna. Als wäre sie ein verspieltes Kätzchen, schmiegte die Wölfin ihren Kopf an Alunas Rücken. Ich hatte noch nie zuvor ein so majestätisches Tier gesehen.

„Richtig Akio, der Wolf ist auch der Begleiter von Liwano", erklärte die Göttin die Frage, die meinem Freund scheinbar durch den Kopf gegangen war. Auch ich erinnerte mich jetzt an die Skulptur, die ich in meiner Vision vor dem Tempel gesehen hatte. „Allerdings folgt ihm der Polarwolf. Silia ist eine Timberwölfin."

Zur Zustimmung brummte Silia fröhlich. Dann gingen wir los.

Heute hatte der Himmel eine andere Farbe. Vielleicht lag es an der Tageszeit, dass er jetzt in einem leichten pastellblau erstrahlte. Ich suchte ihn nach dem von Aluna beschriebenen Mond ab und entdeckte tatsächlich einen leicht leuchtenden Punkt, der ein kleines Stück unter der Sonne stand. Die Umgebung wirkte gleich viel freundlicher und so gingen wir die vielen steinernen Stufen herab, in die Stadt, die sich um den riesigen Palast erbaute. Um ehrlich zu sein, fand ich sie schöner als Ina, die Stadt in der ich Akio kennengelernt hatte. Die Häuser glichen Kunstwerken, mit ihren verrückt aussehenden Dächern, die wie Hexenhüte auf ihnen lagen. Bei einigen waren allerdings auch Parallelen zum japanischen Baustil zu sehen. Das Holz der Wände war mit den buntesten Pflanzen überwuchert. Aufgeregt atmete ich tief durch und versuchte, so viel wie möglich in mir aufzunehmen. Die bezaubernde Musik, die Straßenmusiker auf fremden Instrumenten spielten. Den Geruch, der von Läden und Ständen aus ging und mir noch Minuten später in der Nase kitzelte. Die vielen Farben, die durch die Blumen und die Kleidung der Menschen ausgingen. Apropos Menschen: Diese waren eher Wesen, manche hatten Krallen und Ohren, wie man sich Werwölfe vorstellte, Haarfarben, die über den gesamten Farbkreis verliefen oder Hörner, die an Steinböcke erinnerten. So abwegig war Akios Vorstellung heute Morgen also gar nicht.

Auf den schmalen Straßen war man nur zu Fuß unterwegs. Aluna erklärte uns, dass es in Eryndal, dieser wunderschönen Stadt, verschiedene Regeln durch die Musterung des Bodens gab. Waren es, wie hier, kleine Sterne, die lückenlos ineinander übergingen, durfte man nur zu Fuß unterwegs sein. Je größer die Muster wurden, desto schneller konnte man sich fortbewegen. Doch so etwas wie Autos gab es hier nicht. Man reiste mit Kutschen oder zu Pferd. Diese Tiere sahen denen aus unserer Welt erstaunlich ähnlich. Viele von ihnen hatten jedoch leuchtende Augen oder blumige Fellmuster.

Jeder, an dem wir vorbei gingen, verneigte sich tief vor der Göttin. Bei dem Anblick von Akio, Finley und mir stutzten jedoch viele. Oft kam wohl kein Besuch von der Erde.

Als wir die Stadt langsam verließen, verwandelte sich das Sternenmuster des Bodens in Rankenförmige Steinplatten.

„Hier dürfen sich auch Pferde bewegen", erklärte Aluna und steuerte auf eine Kutsche zu, die am Rand der breiten Straße stand. Sie wurde von vier riesigen Pferden gezogen, die allesamt rosa leuchtende Augen hatten. Sonst waren sie schneeweiß. Ihre langen Mähnen waren in aufwendigen Zöpfen zusammengefasst. Jedes der Tiere sah aus wie die Prinzessin eines ganzen Königreiches.

Der Kutscher und die anderen Begleiter dieses Gefährtes hatten alle die Wolfsohren, die ich schon bei einigen anderen in der Stadt gesehen hatte. Der Wolf war also Alunas Tier, wie die

Schlage Seyas war und der Tiger das von Yuki. Zumindest hatte dieser mir damals gegen Liwano geholfen.

Einer der Wolfsmenschen hielt uns die Tür zu der geräumigen Kutsche auf. Etwas aufgeregt stieg ich direkt nach Aluna ein. Von innen war die Kutsche eher dunkel gehalten, jedoch nicht schwarz.

Ich setzte mich schräg gegenüber von der Göttin. Finley nahm neben mir Platz, sodass Akio neben Aluna saß. Die Tür wurde geschlossen, die Kutsche setzte mit einem kleinen Ruck zur Fahrt an und rollte los.

Schon nach ein paar Minuten wurde mir langweilig und ich hatte das Gefühl, meiner Freundin hiermit nicht gerade zu helfen. Untätig in einer wunderschönen Kutsche durchs Land zu schaukeln war unfair Dee gegenüber. Doch uns blieb keine Wahl. Wenn Samira wirklich wusste, wie man Dee helfen konnte, war sie unsere einzige Chance.

Ich fragte mich, warum Tane so abweisend reagiert hatte, als Aluna sie erwähnt hatte. Was hatte Samira getan? War sie eine Verbrecherin? Ich würde es hoffentlich bald herausfinden, denn so langsam fiel mir die Decke dieser Kutsche auf den Kopf. Warum teleportierten wir uns eigentlich nicht?

Mein Blick ging zu Aluna, die mich aufmerksam musterte. *Kann man sich innerhalb vom Li-Reich nicht teleportieren?*, dachte ich, da ich mich nicht traute, die seltsame Stille, die in diesem kleinen Raum herrschte, zu brechen.

Sie nickte.

Das war gut zu wissen. Vielleicht hätte ich mich irgendwann darauf verlassen und wäre dann bitter enttäuscht worden. Ich hatte noch so viele offene Fragen zu diesem Reich, dass ich gar nicht wusste, wo sie aufhörten. Aber jetzt war nicht die Zeit für Fragen. Ich musste meine Prioritäten setzen und auf dieser Liste stand Dee an erster Stelle.

Es dauerte etwas weniger als eine Stunde, bis die Kutsche wieder zum stehen kam. Der Mann mit den Wolfsohren öffnete die Tür der Kutsche und half uns beim Aussteigen.

„Da wären wir", verkündete Aluna und ging mit ihrer Wölfin voran. Silia war die ganze Zeit neben uns her getrabt und hatte keine Probleme dabei gehabt, mit den Pferden mitzuhalten. Was kein Wunder war, da sie fast so groß war wie diese.

Das Haus, das vor uns lag, passte sich so seiner Umgebung an, dass man es kaum erkannte. Es war größer, als die Häuser aus Eryndal, hatte Wände aus Holz und ein Dach aus Stein. Die Steine glichen jedoch eher Felsen und ragten mit spitzen Kanten aus dem Gebäude. Einige von ihnen leuchteten matt, andere schienen vollkommen normal und waren nur Schatten neben dem Licht. Um das Haus herum schwebten einige scherbenförmige Steine, die wie die anderen Steine als Lichtquelle zu dienen schienen. Auch in dem groben Steinweg, der zum Haus führte, leuchteten einige Steinplatten. Verschiedenförmige Fenster waren in den Holzwänden zu erkennen. Ein paar Meter neben dem Haus war ein Fluss, der so reißend schien, dass wahrscheinlich nicht einmal ein Mammut eine Chance gegen die Strömung gehabt hätte. Im Wald auf der anderen Seite des Flusses spendeten fluoreszierende Pilze und Blumen Licht im Schatten der knorrigen Bäume.

Etwas zögernd ging ich den anderen hinterher. Erst als wir kurz vor dem Haus standen, erkannte ich eine weitere Besonderheit. Eine der Ecken bestand, nicht wie die anderen, aus einem vertikalen Baumstamm, sondern aus einem *ganzen* Baum. Die Bretter der Wände schienen mit ihm verwachsen zu sein, seine

Äste ragten sogar zwischen den Felsen des Daches hervor.

Das stetige Rauschen des wilden Wassers und das Singen einiger Vögel erfüllten die Luft.

Zum einen wirkte dieser Ort freundlich und einladend, zum anderen wäre ich am liebsten wieder in die Kutsche gestiegen.

Plötzlich durchschnitt ein Klopfen meine Gedanken. Aluna stand vor der Tür, durch die sie vermutlich gerade so gehen konnte, ohne sich den Kopf zu stoßen.

Akio, Finley und ich standen ein paar kleine Schritte hinter ihr.

Es dauerte keine fünf Sekunden, bis sich die Tür öffnete. Vor uns stand ein Mädchen, etwa in meinem Alter, in einem dunklen Kittel. Ihre blonden Haare hatte sie in einem Knoten hochgesteckt, wobei einige Strähnen sich gelöst hatten. Ihre Augen strahlten in den Farben einer Galaxie.

Das Mädchen wollte zum sprechen ansetzen, sah dann jedoch zu uns und schloss die Lippen wieder.

„Aluna", begrüßte sie schließlich die Göttin. Ihre Stimme war warm und freundlich. „Welch eine Freude."

„Die Freude ist ganz meinerseits, Samira",
grüßte die Göttin freundlich. Samiras Blick
ging wieder zu uns.

„Wer sind deine Begleiter?"

„Sie sind Sterbliche, die deine Hilfe brauchen."

Für einen Moment betrachtete Samira uns.
„Wenn das so ist." Sie ging einen Schritt zurück
und hielt uns die Tür auf. „Kommt rein."

Hoffnungsvoll folgte ich den anderen. Ob
dieses Mädchen meiner Freundin wirklich das
Leben retten könnte?

*K*apitel 6

Von Innen war das Haus genauso gemütlich, wie es das Äußere angekündigt hatte. Die Wände bestanden scheinbar nur aus Regalen, in denen sich Bücher, Tiegel, Papiere und kleine Flaschen mit den unterschiedlichsten Inhalten stapelten und aufreihten. Rechts führte eine schmale Treppe nach oben, vermutlich zu Samiras privaten Räumen. Geradeaus prangte ein riesiges rundes Fenster. Vor diesem lagen einige Kissen und Decken auf der breiten Fensterbank. In der Mitte des Raumes stand ein großer Tisch. Blumen, Kräuter und weitere Fläschchen waren auf der Holzplatte abgestellt.

Links neben der Treppe war ein Durchgang, der zu einem weiteren Raum führte. In diesen folgten wir Samira.

Der Raum war kleiner, als der erste, aber trotzdem groß genug, um uns allen – sogar Silia – genug Platz zu bieten. Auch hier zogen sich die gefüllten Regale weiter, jedoch nur auf der oberen Hälfte der Wände. Darunter begann eine eingebaute Sitzmöglichkeit, eine Art Sofa, die sich einmal um den ganzen Raum aufbaute. An der linken Wand unterbrach, wie im ersten Raum, ein rundes Fenster die Regale. Es war allerdings nur etwa halb so groß.

Die Mitte des Raumes wurde nur durch einen flauschigen Teppich gefüllt. Man hätte hier drin locker tanzen können.

„Setzt euch", bat Samira. Alunas Wölfin Silia hatte es sich schon vor einer der kissenreichen Ecken auf dem Teppich gemütlich gemacht. Unsere Gastgeberin setzte sich zu ihr und begann Silia zu kraulen.

Meine beiden Freunde und ich setzten uns auf das angrenzende Sofaelement. Aluna nahm neben Samira Platz.

„Wobei braucht ihr denn meine Hilfe?", fragte Samira schließlich in dem selben freundlichen Ton, wie die Göttin neben ihr mit uns gesprochen hatte.

„Unsere Freundin ist krank", begann Finley schnell, „sie war auf einmal schneeweiß, also wirklich weiß. Nicht ein bisschen Farbe ist noch an ihr. Und sie..."

„Sie schläft", beendete ich Finleys Satz.

„Vollkommen farblos sagt ihr?" Samira überlegte. „Und hat sie denn noch Blut im Körper?"

„Ich denke schon", sagte ich verunsichert. An die Möglichkeit hatte ich bisher gar nicht gedacht. Aber es wäre doch aufgefallen, wenn man ihr heimlich fünf Liter Blut geklaut hätte, oder nicht?

Samira tippte sich ans Kinn. Dann stand sie auf und ging in den Eingangsraum.

Besorgnis machte sich in meinem Körper breit. Was ist, wenn wir Dee gar nicht mehr retten *konnten*?

Als hätte er meine Gedanken gelesen, tastete Akio vorsichtig nach meiner Hand. Glücklich über den Kontakt nahm ich sie an.

In diesem Moment kam Samira zurück. In den Händen hielt sie ein kleines, aufgeschlagenes Buch, das in dunkles Leder gebunden war.

Vertieft in die Seiten stand sie im Durchgang.

„Die einzige Möglichkeit, dass ein Körper seine komplette Farbe verliert, obwohl er noch durchblutet wird, ist das Wasser des Nekrothar. In der richtigen Konzentration auch unter Wou-Wasser bekannt, wobei Wou für... Tod steht."

Ich schluckte. Akio hatte recht gehabt, jedoch bestätigte es nur, was die Götter schon gewusst hatten.

„Wie können wir sie retten?", fragte ich also weiter. Ob Wou nun Tod hieß oder nicht, es musste doch einen Weg geben, Dee zu helfen.

„Es gibt einige Wege, den Tod durch Wou-Wasser zu verhindern", erklärte Samira und setzte sich wieder zu uns. Das Buch klappte sie wieder zu. „Bei Wesen, die nah am Fluss leben reicht sogar etwas Ruhe und–"

„Sie ist ein Mensch. Eine Sterbliche, wie wir", unterbrach Akio sie ruhig.

„Oh." Das Mädchen öffnete wieder das Buch und blätterte ein paar Seiten weiter. „Bisher ist es noch nie vorgekommen, dass ein Sterblicher mit dem Wasser in Berührung gekommen ist. Aber..." Konzentriert studierte sie die kleinen Seiten. „Ich bin mir sicher, schon mal von einer Lösung gelesen zu haben. Zu dem Zeitpunkt lebte ich noch..." Sie sah zu Aluna auf.

„Wo anders", beendete diese ihren Satz.

„Richtig." Samiras Stimme wirkte irgendwie betroffen. „Ihr solltet im Schloss nachsehen. In der Bibliothek solltet ihr fündig werden. Ihr müsstet im Bereich der Lektüre über Sterbliche nachsehen."

Finley stand auf. „Gut, dann gehen wir zurück und finden ein Buch, das Dee heilen kann."

„So kurzzeitig vor dem Ball müsst ihr allerdings auf unsere Unterstützung verzichten." Aluna erhob sich ebenfalls. „Wir sind mitten in den Vorbereitungen. Und mehr von uns sollten wirklich nicht fehlen", sagte sie entschlossen aber nett.

„Ein Ball?", fragte ich verwundert.

„Ja, an jedem Dreimond veranstalten wir im Palast einen Ball", erklärte die Göttin der Zuneigung.

Doch sie warf nur noch mehr Fragen auf. „Was ist ein Dreimond?"

Sie seufzte. „Ich werde euch nicht unser gesamtes Reich in fünf Minuten erklären können. Wenn wir zurück im Palast sind, werde ich euch in die Bibliothek führen." Sie wandte sich an Samira. „Vielen Dank für deine Gastfreundschaft."

Samira sah zu uns. „Jeder Zeit wieder. Wenn ihr nochmal Hilfe wegen eurer Freundin braucht, kommt einfach vorbei."

Der Weg zum Palast zurück verging schneller, als der Hinweg. Wieder passierten wir die letzten Meter durch die Stadt zu Fuß. Mittlerweile verlief das helle Blau des Himmels mit einem dunkleren Ton, was der Atmosphäre etwas Mystisches verlieh.

Als wir durch das große Eingangsportal schritten, kam Yuki uns entgegen.

„Was hat Samira gesagt?", fragte er.

„Sie sollen in die Bibliothek geführt werden", erklärte Aluna, „Dort müssen sie nach einem Buch suchen, das sich mit Heilungen von Sterblichen beschäftigt."

Yuki schluckte. „In Ordnung, Gwen wird sie sofort zur Bibliothek führen." Etwas unsicher sah er auf den Boden, womit ihm seine Haare ins Gesicht fielen. Aluna verabschiedete sich und ging mit Silia in den Gang nach links.

„Ich bin sicher, dass ihr etwas finden werdet", sagte Yuki dann mit rauer Stimme. „Sie wirkt stabil und..." Der Gott ging sich mit der Hand übers Gesicht. „Bei allen Wesen, es war ein Fehler. Ein riesiger Fehler." Er sah wieder zu uns. „Entschuldigt mich", nuschelte er und wollte gehen.

„Warte Yuki", sagte ich schnell, doch er war schon in einem der Gänge verschwunden. Was war ein Fehler gewesen? Hatte es irgendwas mit Dee zu tun? Yuki verschwieg uns etwas, doch ich würde herausfinden, was es war.

Kleine trippelnde Schritte holten mich aus meinen Gedanken.

„Seid gegrüßt. Yuki hat mir gerade gesagt, ich solle euch zur Bibliothek bringen?" Die Zwergendame, die mir etwa bis zur Hüfte ging, stand vor uns. Ihre Haare hatte sie geflochten und ihr hübsches pastellfarbenes Gewandt passte perfekt zu ihren Augen.

Ich strich mir eine lose Haarsträhne hinters Ohr und nickte. „Das ist sehr nett, danke."

Je mehr Schritte wir uns von der Eingangshalle entfernten, desto gesprächiger und lockerer wurde Gwen. Sie erklärte uns noch einiges über die sechs Li-Götter, unsere Gastgeber. Jeder von ihnen hatte nicht nur einen Begleiter in Form eines bestimmten Tieres, sondern auch eine präferierte Farbe, an der man sie wohl oft erkennen konnte.

„Hier wären wir", verkündete Gwen ein paar Gänge weiter. „Wenn ihr noch etwas braucht, sagt mir einfach Bescheid."

„Vielen Dank", sagte Akio. Gemeinsam betraten wir zu dritt den Raum. Kaum umhüllte mich der Geruch von feinen Kräutern und Blumen, schnappte ich nach Luft.

Ein riesiger Raum, etwa so groß wie ein Fußballfeld und so hoch wie mein Haus in Schottland, errichtete sich vor uns. Die Wände waren durchgehend von soliden und romantisch beleuchteten Bücheregalen bedeckt. Die Wand direkt vor mir wurde von einem bogenförmigen Fenster, das fast bis zur Decke ging, unterbrochen. Draußen wurde der Himmel immer dunkler, wodurch die vielen kleinen Lampen und Laternen hier drinnen wie kleine Sterne wirkten. Vor uns standen mehrere runde und eckige Tische, mit je ein paar Stühlen oder Sesseln, auf dem breiten Parkett verteilt. Dazwischen standen weitere Regale, die jedoch nur etwa anderthalb Meter hoch waren. Mehrere Teppiche unterbrachen die raue Holzstruktur des Bodens.

Nach links zweigte ein weiterer Raum ab, der zwar rund, jedoch genauso magisch war.

Wir alle brauchten einen Moment, um die Schönheit, die dieser Raum uns bot, in uns aufzunehmen.

„Das ist ja der Wahnsinn", schwärmte Finley und ging langsam die Regale entlang. Ich war mir sicher, in dem Moment war sein größter Wunsch, einfach nur ein paar Stunden hier zu sein und zu lesen. Und natürlich Dee zu retten.

„Wir sollten anfangen", sagte ich leise und zog mich aus meinem Staunen. „Dee zählt auf uns."

Die nächsten Stunden verbrachten wir damit, die einzelnen Buchreihen nach irgendwelchen bekannten Zeichen abzusuchen. Die Schrift ähnelte zwar der unseren, doch es war trotzdem nicht einfach, etwas nützliches herauszufiltern. Immer wieder fanden wir andere, mystisch wirkende Gegenstände in den Bücherregalen. Pflanzen, befüllte Gläser und sogar eine Glaskugel wie die einer Wahrsagerin.

Zwischendurch kamen und gingen andere Personen, die scheinbar zum göttlichen Hofstaat gehörten.

Nach einer Zeit hatten Akio, Finley und ich je einen kleinen Stapel mit Büchern zusammengesucht und machten uns an die Arbeit. Wir blätterten durch diverse bedruckte Seiten, fanden mit Gold verzierte Bilder, geschwungene Schriften und jede erdenkliche Information über das Leben von Menschen. Nur keine darüber, wie man dieses retten konnte. Seufzend legte ich mein aktuelles Buch zur Seite. „Habt ihr etwas?"

Von den Jungs, die es sich in zwei, mir gegenüberliegenden Sesseln eingerichtet hatten, kam nur ein konzentriertes Brummen. Dann sah Finley auf. „Wusstet ihr, dass die meisten Umschläge der Bücher hier aus menschlichen Überresten gefertigt sind?"

Erschrocken kreischte ich auf und warf mein Buch auf den Boden. „Was?!"

Lauthals begannen die beiden zu lachen. „War nur ein Scherz", faselte Finley zwischen zwei Lachkrämpfen. Auch Akio schien sich kaum noch halten zu können.

„Ihr seid unmöglich! Wir sind hier, um das Leben unserer Freundin zu retten, und ihr macht Witze über menschliche Organe?!" Frustriert ging ich auf die beiden zu.

„Tut uns leid, Löckchen", meinte Akio und setzte einen unüberbietbaren Welpen-Blick auf.

Ich verdrehte nur die Augen. „Habt ihr denn etwas gefunden?"

„Nein", sagte Finley kleinlaut, „hier findet man alles, wirklich alles über die Erde und die Menschen. Aber mit keinem einzigen Wort werden Heilungen erwähnt."

Akio nickte. „Es ist, als wäre dieses ganze Kapitel aus der Bibliothek gelöscht worden."

Ich atmete tief durch. In den letzten Stunden war es mir immer wieder schwer gefallen, diesen ganzen Druck nicht einfach aus meinem Körper zu weinen. Schnell blinzelte ich ein paar mal und legte den Kopf in den Nacken. „Habt ihr sonst irgendetwas herausgefunden?"

„Nicht direkt...", Finleys besorgter Blick ging von mir zu dem Buch, das auf seinem Schoß lag. „Aber es gibt ganz schön krasse Regeln für diese Götter. Ihr meintet doch, dass zwei von ihnen ein Liebespaar wären, richtig?"

„Seya und Liwano", sagte Akio mit fester Stimme.

„Vielleicht sind die beiden ja auf die böse Seite gewechselt, weil das, was zwischen ihnen läuft, eigentlich strengstens verboten ist."

Ich wurde hellhörig. „Beziehungen zwischen den Göttern sind nicht erlaubt?"

Finley blätterte bis zu einer bestimmten Seite. „Jap. Man will dadurch verhindern, dass sie eigene Parteien entwickeln. Sie dürfen, ich zitiere: *Sich weder physisch, noch psychisch lieben, geschweige denn Kinder haben.*"

„Ganz schön harte Regeln dafür, dass man die Ewigkeit zusammen verbringen muss", murmelte Akio. Finley nickte.

„Das witzige ist, dass das zwischen einem Gott – oder einer Göttin – und einem Menschen vollkommen anders aussieht. Hier könnten zwei Götter ihre Kräfte nicht gegen die anderen vereinen. Deshalb haben ein paar von ihnen sogar schon Kinder in zweiter Generation. Die Unsterblichkeit wird aber nicht an sie weitergegeben."

„Wow." Das musste man erstmal verarbeiten. „Das heißt, dass einer von ihnen schon Enkelkinder hat?"

„Das heißt es", bestätigte plötzlich eine Stimme hinter mir. Blitzartig drehte ich mich um die eigene Achse. Zwei Adlige standen uns gegenüber. Ich hatte sie gar nicht kommen hören.

„Entschuldigt", sagte der Mann. Er sah... besonders aus. Ebenso wie die Frau neben ihm, trug er geschwungene Hörner auf dem Kopf. Seine langen weißen Haare hingen ihm seidenglatt bis über die Schultern. Die Haarfarbe wollte nicht so ganz zu seinem Alter passen. Ich schätzte ihn ein paar Jahre älter als Akio ein. Auch die Frau war etwa in diesem Alter, nur hatte sie blutrote Haare, die ihr in Locken über den Rücken fielen. Beide hatten elegante Kleidung an, die etwas an den Barock erinnerte. Zwar trugen sie, mit den matten Grün- und Gelbtönen, keine auffälligen Farben, doch die Rüschen und die eleganten Schnitte verrieten ihren hohen Stand in dieser Gesellschaft.

Die Frau setzte ein filmreifes Lächeln auf. „Wir sind nur neugierig, wofür sich die Sterblichen in unserer Welt so interessieren."

„Für gar nichts", sagte ich im selben Moment, in dem Akio „Alles, was wichtig sein könnte", antwortete.

„Alles und dann auch wieder nichts", versuchte Finley die Situation wenig hilfreich zu retten, „vor allem, was hier so über unsere Welt geschrieben steht."

„Es ist immer gut, die Vorteile seiner Feinde zu kennen", sagte der Mann und begann zu grinsen, „so ein altes Sprichwort hier."

Künstlich lachte ich auf und verschränkte die Hände.

„Nun denn. Es ist wirklich bedauerlich, doch wir sollten weiter. Es war uns eine Freude, euch Sterbliche kennenzulernen." Der Mann deutete eine Verbeugung an.

„Die Freude lag ganz auf unserer Seite", faselte Finley, als hätte er Ahnung von dieser extravaganten Ausdrucksweise.

Mit einer undurchdringlichen Miene wandten die beiden Adligen sich wieder ab und verließen die Bibliothek durch die große Flügeltür. Wir sahen ihnen nach, bis sie nicht mehr zu sehen waren.

„Was war das denn?", fragte ich leise und ging zu Akio. Er hatte das eine Bein über das andere geschlagen, stellte jetzt jedoch beide normal hin und streckte die Hand nach mir aus.

Ich nahm sie an und setzte mich schräg auf seinen Schoß, sodass meine Schulter an seiner Brust lehnte und ich zu Finley sehen konnte.

„Definitiv seltsam", meinte dieser und schluckte. „Die haben sich ja nichtmal vorgestellt."

„Stimmt." Das war mir vorher gar nicht aufgefallen. „Ich muss euch etwas fragen", sagte ich dann. „Findet ihr nicht auch, dass Yuki sich ungewöhnlich stark um Dee kümmert?"

Akio nickte. „Das war mir auch schon aufgefallen. Als wir hier angekommen waren, war er vollkommen panisch gewesen, als er Dee gesehen hatte."

„Ja, und seine *ich mag es nicht, wenn Wesen leiden-Nummer* kauf ich ihm irgendwie nicht ab", überlegte Finley.

„Meint ihr vielleicht –" In dem Moment wurde die Flügeltür erneut aufgestoßen. Ein riesiger Tiger, gefolgt von Yuki, betrat anmutig den Raum.

„Wenn man vom Teufel spricht", murmelte Finley und erhob sich mit uns.

Mit großen Schritten kam Yuki näher. Sein Tiger sah sich neugierig um und schnüffelte in unsere Richtung. Es war unglaublich, dass er fast so groß war wie Yuki. Als ich ihn das erste Mal gesehen hatte, war er viel kleiner gewesen.

Er war in goldenem Licht aufgetaucht und hatte mir im Kampf gegen Liwano geholfen. Es fühlte sich an, als wäre es eine Ewigkeit her.

Als der Tiger mich sah, machte er einen Satz und hüpfte wie ein junger Welpe auf mich zu. Unwillkürlich musste ich lachen.

„Ruhig, Toro", meinte Yuki in einem neutralen Ton.

Toro stoppte, sah kurz über die Schulter zurück zu seinem Herren und kam dann etwas vorsichtiger auf uns zu. Kichernd streckte ich ihm meine offene Hand entgegen. Ohne zu zögern ließ Toro den Kontakt zu und schmiegte seinen großen Kopf gegen meine Handfläche. Sein Fell war unfassbar weich und fühlte sich an, als wäre es aus Samt. „Danke, dass du mir damals geholfen hast", flüsterte ich und begann den Tiger hinter den Ohren zu kraulen. Zufrieden begann er zu schnurren. Auf der Stirn hatte er eine Art Abzeichen: Eine Mondsichel in dessen Öffnung und Kreis zusehen war. Ob es irgendeine Bedeutung hatte?

„Es steht für die Wahrheit", meinte Yuki und legte eine Hand auf den Rücken seines Begleiters. „Es ist schließlich mein Fachgebiet." Ein unscheinbares Lächeln hob für einen kurzen Moment seine Mundwinkel. „Habt ihr etwas gefunden?"

„Nein", sagte ich enttäuscht, „gar nichts."

„Nicht einmal ein Wort über Heilungen", meldete sich Finley zu Wort.

Yuki nickte nur. „Ich wollte euch zum Abendessen abholen. Ihr habt doch sicher Hunger?"

Das brauchte Yuki uns nicht zweimal fragen. Seit heute Morgen hatten wir nichts mehr gegessen. Also gingen wir gemeinsam die Gänge entlang und als könnte mein Magen es auf einmal kaum noch erwarten, machte er sich bei jedem Gedanken an das kommende Essen bemerkbar.

Als wir den Raum durch eine weitere Flügeltür betraten, blieb mir – schon wieder – die Sprache weg. Wir schienen in einem der riesigen runden Türme zu sein. Die geschwungenen Wände wurden von bodentiefen, halbrunden Fenstern geschmückt, die in verschiedenen Farben die Strahlen der untergehenden Sonne in den Raum ließen. Die Decke war mehr, als fünf Meter hoch und mehrere, im Licht glitzernde, Kronleuchter hingen von oben herab.

„Da seid ihr ja", erklang Tanes Stimme. Er erhob sich von einem der Tische. Diese waren in einem großen Halbkreis, der zu uns hin geöffnet war, angeordnet. Viele Adlige saßen zu den Seiten hin neben den Göttern. Bedienstete gingen kerzengerade mit silbernen Tabletts zwischen den Sitzenden hin und her und reichten ihnen perlende Getränke und gefüllte Teller.

„Setzt euch", sagte Tane bestimmt und ließ sich wieder auf seinen Platz nieder. Dabei zeigte er mit einer kleinen Handbewegung auf vier freie Plätze direkt neben den Gottheiten.

Am liebsten hätte ich den Raum im Sprint wieder verlassen. Die Blicke der Adligen stachen durch meine Haut, als wäre ich ein exotisches Tier, das sie noch nie zuvor gesehen hatten. Manche von ihnen wirkten dabei aufrichtig neugierig, andere hatten so stechende Blicke, dass sie mich wahrscheinlich am liebsten aus dem Raum, oder direkt aus diesem Reich geschmissen hätten.

Yuki ging voran, an den Rücken der Anwesenden vorbei, bis zu den freien Plätzen. Akio und Finley schienen beide zu merken, dass ich von allen Seiten beobachtet wurde, und setzten sich links und rechts neben mich. Es war so eine einfache Geste, doch in dem Moment hätte mich nichts glücklicher machen können, als nicht neben irgendeinem Fremden sitzen zu müssen.

Um ehrlich zu sein, vermisste ich jetzt schon das gemütliche Frühstück auf meinem Zimmer, bei dem Akio und ich vollkommen allein gewesen waren.

Einer der Bediensteten trat in einem elfenbeinfarbenen Anzug zu uns und schenkte jedem ein bronze-schimmerndes Getränk ein. Ein anderer brachte uns verschiedene Speisen, die alle genauso köstlich, wie fremd waren.

Nach und nach wurde der Raum mit leisen Gesprächen gefüllt, und die Leute widmeten sich wieder ihren Sitznachbarn anstatt mir. Entweder war es nur der erste Schock gewesen, oder Akio hatte jedem einen so vernichtenden Blick zugeworfen, dass sich nun keiner mehr traute in meine Richtung zu sehen.

Ich vermutete letzteres.

Von rechts hörte ich die Stimme von Tane, der mit Aluna in einer leisen Diskussion vertieft war.

Links neben mir saß Akio, der immer wieder von seinem Essen aufsah und die einzelnen Gesichter uns gegenüber musterte.

„So schnell sieht man sich wieder", ertönte plötzlich eine bekannte Stimme neben ihm und unsere Blicke gingen zur Seite. Der Mann, den wir eben in der Bibliothek getroffen hatten, lehnte sich zu uns, sodass seine weißen Haare fast bis auf den Tisch hingen. „Verzeiht, ich wollte euch nicht erschrecken." Sein Blick glitt von Akio zu mir. „Wusstet Ihr, dass grüne Augen hier als Zeichnung des Glückes gelten?" Ein amüsiertes Grinsen stahl sich auf seine Lippen.

Ich wollte etwas erwidern, doch ich hatte keine Ahnung, was ich darauf antworten sollte.

„Darf ich Euch vielleicht zu meiner nächsten Soiree einladen? Nach jedem Dreimond veranstalte ich diese Treffen und schöne Frauen sind immer willkommen. Ich bin sicher, Ihr werdet euch göttlich amüsieren." Sein brennender Blick bohrte sich durch meinen. Akio beachtete er gar nicht mehr.

„Ähm... ich... Nein, aber vielen Dank für die Einladung."

„Wisst Ihr, in diesem Reich gibt es keine Grenzen, die man in einer Liebesbeziehung nicht überschreiten sollte. Falls Ihr euch also wegen eures *Begleiters* unsicher seid–"

Akio räusperte sich so laut, dass der ganze Raum im nächsten Moment verstummte. „Ich sitze direkt neben Euch." Seine Stimme klang ruhig und beherrscht, als hätte der Adlige mir nicht gerade vorgeschlagen allein zu seinen Feierlichkeiten zu kommen, um irgendwelche Grenzen zu überschreiten. „Außerdem bin ich weitaus mehr als ihr Begleiter."

Der Mann schmunzelte. „So? Was seid Ihr denn?"

„Ihr Freund, Beschützer, Vertrauter." Akios Stimme schien bei jedem tieferen Laut zu vibrieren. „Wenn Ihr wollt, mache ich ihr gleich einen Heiratsantrag, dann könnt Ihr mich auch als ihren Verlobten betiteln."

Mit einem Schnauben und einem Gesichtsausdruck, den ich nicht ganz deuten konnte, drehte der Mann sich weg und richtete seine Aufmerksamkeit auf die Personen, die auf seiner anderen Seite saßen.

Akio drehte den Kopf wieder zu mir. Ich konnte mir ein Grinsen nicht verkneifen, bei der Art, wie er mit diesem Mann, der sicherlich ein hohes Amt vertrat, geredet hatte.

„Du würdest mir wirklich einen Antrag machen?"

„Wenn du es dir wünscht würde ich dich jeden Tag fragen und dir immer wieder meine ewige Liebe gestehen."

Mein Herz stolperte und ich kicherte. Er nahm meine Hand und küsste meinen Handrücken. Ein angenehmes Kribbeln breitete sich von der Stelle, die seine Lippen berührten, durch meinen ganzen Körper aus und ich erschauderte.

Ein viel zu stolzer Ausdruck trat auf sein Gesicht.

„Sei leise", zischte ich.

„Ich habe doch gar nichts gesagt."

„Aber gedacht."

„Du hast mich erwischt." Er legte seine Hand auf meinen Oberschenkel. Ich verdrehte die Augen, genoss aber seine Berührung. Akio würde mir selbst bei einem Dinner mit dem Teufel persönlich einen Grund zum Lächeln geben.

Kapitel 7

An meiner Zimmertür verabschiedeten wir uns von Finley. Es war schon spät, das Essen hatte recht lang gedauert, vor allem da wir nicht gewusst hatten, ob man den Raum einfach wieder verlassen konnte, oder auf eine bestimmte Begleitung oder so warten musste.

Finley ging ein kleines Stück weiter den Gang entlang und verschwand dann hinter seiner Zimmertür. Ich wollte gerade meine öffnen, da nahm Akio meinen Arm und drehte mich zu sich. Mein Rücken drückte sich gegen das Holz der Tür.

Ich sah zu ihm auf. Seine dunklen Haare fielen auf meine Stirn und kitzelten mich. Er legte seine große Hand an meine Wange und zeichnete die Konturen meines Kiefers mit dem Daumen nach. Dann beugte er sich vor und legte seinen Mund auf meinen. Es war ein Kuss, der Vorfreude und Verlangen in mir weckte, obwohl es nur eine leichte Berührung war. Seine Lippen zogen heiß über meine Haut, bis zu meinem Ohr. „Ich glaube, wir sollten rein gehen."

Ich nickte nur und schloss die Tür auf. Kaum hatten wir den Teppichboden betreten, lagen unsere Lippen wieder aufeinander. Ich hörte nur noch das Zuschlagen der Tür und Akios tiefen Atem.

Seine andere Hand legte sich an meinen unteren Rücken und presste meinen Körper gegen seinen. Ich öffnete die Lippen etwas und spürte seine Zunge, die über meine Unterlippe strich. Ein Schauer lief mir den Rücken hinunter und meine Knie wurden weich. Hätte er mich nicht gehalten, wäre ich vor ihm auf die Knie gesunken. Der Kuss wurde noch leidenschaftlicher und ein rhythmisches Kribbeln verteilte sich auf meinen Nerven. Akio bewegte seine Hände über meinen Rücken und ließ sie weiter nach unten gleiten, bis sie an meinen Oberschenkeln lagen. Mit einem Ruck hob er mich hoch und ich legte automatisch meine Beine um seine Taille. Endlich waren wir auf Augenhöhe. Wie in einem Rausch legte ich meine Hände in seinen Nacken und stöhnte auf, als seine Zunge meine immer wieder berührte.

Plötzlich spürte ich das weiche Bett unter meinem Rücken. Akio löste sich von mir, zog sein Shirt aus und warf es irgendwo auf den Boden. Sein durchtrainierter Oberkörper, auf den wohl jeder dieser Götter neidisch wäre, strahlte mir entgegen. Dann beugte er sich über mich, stütze sich zu beiden Seiten neben meinem Kopf ab und küsste mich erneut. Sein Bein schob sich zwischen meine und ich schlang sie erneut um ihn. Sein tiefes Stöhnen wurde durch meine Lippen abgefangen, als ich mit den Händen über seine nackte Haut strich.

Diese Berührungen waren wie ein Traum. Ein Traum, der jetzt zur Wirklichkeit wurde.

Kapitel 8

Der Himmel ist dunkel. Die drei Monde thronen wie die Herrscher des Firmaments über mir. Es ist still. Ich kann nicht anders, als einfach nach oben zu starren. Die Sterne beginnen, sich zu bewegen, fallen Stück für Stück vom Himmelszelt und landen in einem dunklen See. Die Monde werden größer und verdunkeln sich, bis nur noch ihre Konturen zu erahnen sind. Der Himmel wird von neuen Strukturen durchzogen. Feine Adern ziehen sich von unten nach oben. Es sieht aus wie Holz. Und im nächsten Moment ist es genau das. Eine Holztür, in der die Dreimonde eingeritzt sind. Ich stutze. Das hier ist kein Traum. Es ist eine Vision.

Eine Stimme erklingt. Leicht und freundlich. Etwa wie die von Seya. Aber es ist nicht ihre. „Finde mich", haucht sie immer wieder. „Finde mich."

Ein silbernes Licht erscheint, verhüllt die Tür und alles, was dahinter liegen mochte. Alles wird beiseitegeschoben. „Rette den Erben." Das Flüstern der Stimme verklang langsam und ließ mich im Licht zurück. Allein und ohne zu wissen, wem sie gehörte. Bloß einen Auftrag hat sie mir gegeben. Sie finden. Den Erben retten.

Gleichmäßiger Atem strich über meine Stirn. Meine Traumwelt verflog und ich spürte, wie der Schlaf meine Nerven losließ. Ich seufzte zufrieden, als mir eine Haarsträhne aus dem Gesicht gestrichen wurde. Die Hand strich über meine Wange, zu meinem Hals und über meine Schulter.

„Morgen Prinzessin", murmelte Akios tiefe Stimme.

„Prinzessin?", fragte ich und öffnete leicht die Augen. Akio lag, wie ich, auf der Seite, sodass er meinen Blick erwiderte.

„Nach gestern Abend habe ich das Gefühl, ich sollte dich so nennen."

Ich wurde rot und drückte meinen Kopf weiter ins Kissen. „Ich mag Löckchen lieber."

„Wie du möchtest, Löckchen." Seine Finger zogen weiter, außen über meine Taille und blieben dann auf meiner Hüfte liegen.

„Meinst du, wir müssen auch mit denen frühstücken?" Ich wich seinem Blick aus, dachte kurz über meinen Traum nach. Vielleicht war es ja doch nur einer gewesen. Ein normaler Traum. Dass ich Visionen hatte, war schon so lang her und doch hatte es sich eben so angefühlt.

„Ich hoffe nicht", antwortete er, nahm mein Kinn und drehte meinen Kopf so, dass ich ihn wieder ansah. Dann gab er mir einen Kuss auf die Stirn. „Ich mag es nicht, wenn alle dich anstarren. Es ist als würden sie dich für sich beanspruchen und das gefällt mir nicht."

Ich schloss noch einmal die Augen, ließ mir Akios Worte durch den Kopf gehen. Es war ein sicheres, wohliges Gefühl zu wissen, dass jemand einen beschützte.

Einige Minuten später klopfte ein Bediensteter an der Tür, um uns zum Frühstück zu begleiten.

Schnell zogen Akio und ich uns an. Unser Ruf in diesem Palast war wahrscheinlich schon dahin und mit Sicherheit kreisten einige Gerüchte um unsere Beziehung.

„Ihr braucht ja immer ewig", beschwerte sich Finley, als wir endlich mein Zimmer verließen. „Was macht ihr solange dadrin?"

„Das geht dich gar nichts an", brummte Akio mit einem Lachen. Ich verdrehte nur die Augen, da unsere Verspätung vor allem der großen Auswahl der Kleidung in meinem Schrank geschuldet war. Letztendlich hatte ich mich allerdings doch für dieselben Stücke wie gestern entschieden.

In dem Moment, als uns, wie gestern Abend, die breiten Türen zum Turmraum geöffnet wurden, verstummten die Gespräche. Zum Glück waren heute Morgen weitaus weniger Adlige anwesend, als gestern zum Abendessen.

Wir bezogen dieselben Plätze und versuchten, die Neugier der Anwesenden auszublenden.

„Guten Morgen", sagte Yuki, nachdem wir uns neben ihn gesetzt hatten. Den Göttern sei Dank war der Platz neben Akio, an dem gestern der weißhaarige Adlige gesessen hatte, leer.

„Den wünsche ich dir auch", murmelte ich. Noch etwas müde lehnte ich meinen Kopf an Akios Schulter.

„Ihr werdet heute in der Bibliothek weitersuchen, nicht wahr?"

Finley antwortete mit einem Nicken. „Das werden wir. Und wir werden ein Gegenmittel finden."

„Euer menschlicher Optimismus ist wirklich beeindruckend." Yukis Stimme klang, als hätte er nicht eine Minute geschlafen.

In diesem Moment kamen Bedienstete in ihren hellen Anzügen zu uns, servierten Berge von Früchten, Gebäck und Säfte. Ich fragte mich, ob diese Götter jeden Tag ein so königliches Festmahl genossen.

Unerwarteter Weise antwortete Yuki nicht auf meine Gedanken.

Nach dem ausgiebigen Frühstück machten wir kurz an Dees Zimmer halt. Die harmonischen Farben beruhigten mein Herz etwas, bevor ich meine schneeweiße Freundin in den dunklen Laken liegen sah. Sie atmete. Ihr Brustkorb hob und senkte sich langsam aber regelmäßig.

Gwen saß neben ihr auf einem Stuhl, hatte ein Buch in der Hand und beäugte aufmerksam die Seiten. Sie sah auf, als wir vor ihr standen.

„Hallo, Sterbliche."

„Hallo Gwen. Wie geht es ihr?", fragte ich leise und ging auf die andere Seite des Bettes, um mich auf die Bettkante zu setzen.

„Unverändert. Und dank der Götter wird sich das erstmal nicht ändern."

Ich nickte, griff nach der Hand meiner Freundin, die kalt auf ihrer Bettdecke lag.

Neben dem Bett lagen, auf einem breiten Nachttisch, etwa ein Dutzend Bücher. Ich steckte Dees Hand unter die warme Decke und griff dann nach einem der Bücher. In dem ledernen Umschlag waren drei Monde eingraviert. Ich öffnete es, blätterte durch die einzelnen Seiten.

„Wer hat die Bücher hierher gebracht?", fragte ich und sah zu Gwen.

„Yuki. Er liest viel, wenn er hier ist."

Seltsam. Warum sagte er uns nichts davon? Und sollte er nicht eher mit uns nach einem Gegenmittel suchen?

Mein Blick blieb bei einer Seite hängen, auf der ein mit silberner Tinte gezeichneter Stein zu sehen war.

Der Stein des Dreimonds stand in schönen gleichmäßigen Buchstaben darüber. Ich sah auf den Text, der darunter stand.

Die Entstehung des Li-Reiches bildete nicht bloß ein Verließ der Götter, sondern formte auch drei Monde, welche die Zeit in Kapitel einteilen sollten. Standen diese Monde einst hintereinander, ernannten sie die Wächter und gaben den Verbannten den Stein des Dreimonds. Mit diesem machten sie sich zu Göttern.

Unsicher schlug ich das Buch wieder zu. Ein Stein, der die Götter zu Göttern gemacht hatte. Es gab so wenig, was ich wirklich über dieses Reich wusste, und das, obwohl ich gerade hier wohnte.

Ich schüttelte nur den Kopf. Es ging jetzt nicht um die Ursprünge der Götter. Es ging um meine Freundin und darum, dass sie geheilt werden muss.

Als wir Dees Zimmer wieder verließen, brachte ein anderer Zwerg uns wieder zur Bibliothek. Wir mussten die Zeit nutzen, die Dee noch blieb. Auch wenn sie gerade stabil gehalten wurde, mussten wir etwas finden, um sie zu retten. Auf dem Weg trafen wir Tane, der gerade aus einer hohen Tür getreten war. Ohne uns eines Blickes zu würdigen, war er an uns vorbei gegangen. Zu gern hätte ich gewusst, was wohl hinter dieser Tür lag.

Kurz vor der Bibliothek kamen uns noch die beiden Adligen entgegen, die wir gestern getroffen hatten. Im vorbeigehen senkten sie die Köpfe und ich hatte das Gefühl, dass sie direkt in meine Seele starrten. Dann sollten sie uns lieber, wie Tane es getan hatte, ignorieren.

Oder wussten sie vielleicht von Dee? Eigentlich müsste die Neuigkeit von einer sterbenden Sterblichen doch wie ein Lauffeuer umgehen.

In dem Raum mit dem riesigen Fenster und den unzähligen Büchern angekommen, machten wir uns sofort an die Arbeit. Wie auf Kommando verteilten wir uns vor den Bücherregalen und suchten alles nach einem Anhaltspunkt ab. Es wäre schon ein Fortschritt, würden wir generell etwas über Heilung, oder noch besser: über diesen tödlichen Fluss erfahren, doch es schien vergeblich. Nicht die kleinste Spur. Keine Formel, keine Beschreibung. Nicht einmal ein Bild des Flusses konnten wir finden. Yuki war nach einer Weile zu uns gestoßen, doch selbst er blieb erfolglos.

Nach ein paar Stunden legte ich mein sechzehntes Buch zur Seite. Genervt und hoffnungslos atmete ich durch. Das konnte doch nicht wahr sein! Samira hatte doch gesagt, dass wir in der Bibliothek fündig werden würden. Eigentlich hatte ich das Gefühl gehabt, ihr Vertrauen zu können. Hatte sie uns vielleicht belogen?

Bei meinem nächsten Atemzug unterbrach plötzlich etwas meine Gedanken. Die Stille, die in diesem Raum herrschte, wurde von etwas unterbrochen. Eine Art rauschendes Ziehen, hoch und irgendwie beruhigend, mischte sich mit der Luft. Walgesang. Ja, es klang nach dem Geräusch eines Wales, das ich aus einigen Meeresdokumentationen kannte.

Mein Blick ging zu dem großen Fenster und verharrte dort. Ein Wal, so groß wie ein LKW bewegte sich schwerelos in der Luft. Sein mattes Blau wirkte vor dem rosa anlaufendem Himmel dunkler. Eine sanfte Stimme verwob sich mit der leisen Melodie. Ich konnte nicht sagen, ob sie von einem Mann oder einer Frau kam, doch sie war wunderschön.

„Es gibt Kunde aus den nahen Wäldern." Der Wal blinzelte in Zeitlupe. „Zwei der erhabenen Gottheiten wollen die Macht des schlagenden Herzens zurückbekommen. Seya und Liwano wurden vor zwei Sonnen in weniger Entfernung von Eryndal gesehen. Und sie wollen sich an der jungen Craig rächen."

Mein Atem stockte. Ich hatte das Gefühl, dass mein Herz aufhörte zu schlagen. Ein unangenehmes Ziehen breitet sich von meiner Brust in meinem ganzen Körper aus. Das konnte nicht wahr sein. Liwano und Seya, die Götter, die noch vor einem halben Jahr unsere Erzfeinde gewesen waren, waren entkommen. Sie hatten damals versucht, die Macht aller sechs Götter an sich zu reißen. Es war ihnen dank uns nicht gelungen. Und jetzt wollten sie die Macht des schlagenden Herzens zurückbringen?

Und sich rächen.

An mir.

Ich sah zu den anderen. Yuki war aufgestanden und sah mit fahlem Blick zu dem Wal, der sich langsam von der Glasscheibe entfernte.

„Wusstet du, dass Liwano und Seya nicht mehr gefangen sind?", fragte ich so leise, dass ich nicht wusste, ob er mich überhaupt verstanden hatte.

Verwirrt sah Yuki zu mir. Dann zu Akio.

„Ich dachte, du hättest es ihr gesagt", meinte er dann an ihn gerichtet. Mein Puls stotterte.

„Du wusstest es?", fragte ich verwirrt und ging ein paar Schritte auf ihn zu.

„Jamie...", begann Akio und erhob sich, doch er kam nicht weit.

„Wann hattest du vor, mir davon zu erzählen? Wenn sie mich aus Rache umgebracht haben?" Wut schimmerte, wie eine kleine Flamme in mir auf und wurde mit jedem Atemzug größer. „Oder vielleicht, wenn sie es geschafft haben Dee zu vergiften? Es waren doch bestimmt diese beiden beschissenen Götter!"

„Jamie, hör mir zu!", versuchte Akio mich zu beruhigen, „ich wollte es dir erzählen, aber ich wollte nicht, dass du dann Angst bekommst, oder dass du denkst..."

„Dass ich *was* denke, Akio?!" Langsam hatte ich das Gefühl, die Kontrolle über mich zu verlieren. Zu viel prasselte auf mich ein. Angst. Verrat. Das Gefühl, hintergangen worden zu sein.

„Dass du denkst, dass ich nicht mehr stark genug wäre, um dich zu beschützen!" Seine Augen begannen zu glänzen.

„Aber..." Ich bekam kein Wort heraus. Er hatte mir die ganze Zeit über vorenthalten, dass unsere schlimmsten Feinde wieder auf freiem Fuß waren.

„Seit wann wusstest du es?", fragte ich dann ruhiger. Trotzdem liefen Tränen über meine Wangen.

Stille breitete sich aus. Jeder dieser dummen Adligen, die mit uns in der Bibliothek saßen, starrte uns gerade an und *jedem* hätte ich dafür am liebsten den Kopf umgedreht. Ich sah zu Yuki. *Sag einfach nichts,* dachte ich, um keine

unnötige Konversation über meine unange-
brachten Gedanken zu starten.

Mein Blick ging wieder zu Akio. „Wie
lang?!"

„Seit Tane bei uns in Schottland war", gab er
kleinlaut zu.

„Seit fast einer Woche?!" Ich konnte es nicht
fassen, dass er es mir so lange verschwiegen
hatte. „Ich dachte, wir erzählten uns alles!"

„Ich will euren vermutlich ersten Streit zwar
nicht unterbrechen", sagte Yuki mit einem amüsierten Ton, wurde dann aber ernst, „aber wenn
meine Schwester und Liwano wirklich unsere
Macht erneut an sich nehmen wollen, muss ich
das dringend mit den anderen besprechen. Entschuldigt mich." Damit verließ er mit schnellen
Schritten den Raum. Mein Blick folgte ihm,
doch meine Gedanken fanden keine gerade
Richtung. Nicht nur, dass diese beiden Götter
planten, zusammen mächtiger zu werden, als
der Rest der Götter, zerriss meine Nerven. Nein,
sie wollten mich wahrscheinlich umbringen!
Und mein Freund hatte gewusst, dass sie nicht
mehr eingeschlossen waren. Er hatte gewusst,
dass sie jederzeit zu uns kommen könnten, um
mich im Schlaf zu erstechen!

Ohne ein weiteres Wort verließ ich ebenfalls
die Bibliothek. Ich brauchte Abstand. Und Akio

schien es zu verstehen, zumindest versuchte er nicht, mich aufzuhalten.

Ich wusste nicht, wohin ich ging. Schwerlich versuchte ich, mein inneres Chaos irgendwie zu ordnen, doch immer wieder zerbrach ein anderer Gedanke das zusammengeflickte Gerüst.

Atmen, Jamie. Du musst atmen.

„Ist alles in Ordnung, junge Sterbliche?"

Erschrocken drehte ich mich zur Seite. Gwen, die hübsche Zwergin verließ gerade eine für diesen Palast ungewöhnlich kleine Tür.

„Ja. Alles in Ordnung." Schon nach dem ersten Wort brach meine Stimme, was meine Antwort nicht gerade glaubwürdiger machte. Also ergänzte ich ein „Mir geht es gut", was natürlich vollkommener Schwachsinn war.

Bevor Gwen noch irgendeinen göttlichen Notarzt rufen konnte, ging ich endlich weiter. Es hatte keinen Sinn zu versuchen, ihr meine Situation zu erklären.

Der Druck hinter meinen Augen ließ nach, als ich endlich die Lider schloss und in meinem Zimmer an der Tür nach unten sank. Bittere Tränen rannen an meinen Wangen herab. Mein

Herzschlag wurde immer unregelmäßiger. Das Atmen fiel mir schwer.

Ich wusste nicht, warum ich so reagierte. Dass Akio ein Geheimnis aus so einer wichtigen Sache gemacht hatte, traf mich. Es war ein Schlag ins Gesicht, ein Zeichen, dass er mir nicht vertraute.

Doch ich konnte ihn verstehen.

Und das machte mich nur noch wütender.

Ich wusste nicht, ob ich genauso gehandelt hätte, doch die Tatsache, dass unsere Feinde auf freiem Fuß waren, konnte man auch nicht so nebenbei erwähnen. Warum hatte Tane es mir nicht gesagt? Warum hatte er nur Akio eingeweiht?

Vielleicht war es auch einfach zu viel auf einmal. Ich wusste es nicht, doch die Tränen taten gut. Sie lösten all diese Verzerrungen in meinem Kopf. Sie lösten sie und glätteten sie, bis meine Gedanken wieder klare Bilder formten.

Plötzlich klopfte es hinter mir an der Tür. Erschrocken zuckte ich zusammen. Ich rappelte mich auf und konnte den Schluchzer nicht verhindern, der mir beim Versuch zu sprechen die Kehle hochkroch.

„Ich kann jetzt nicht, Akio."

„Hier ist nicht Akio", erklang Yukis ruhige Stimme.

Ich zögerte. „Was willst du?"

„Reden. Wenn du möchtest."

Ich wusste nicht, ob ich reden wollte. Wenn das eine göttliche Therapiestunde werden würde, auf keinen Fall.

„Ich verspreche dir, das wird es nicht."

„Kannst du verdammt nochmal aufhören, meine Gedanken zu lesen?!"

„Tut mir leid."

Ich atmete tief durch, wischte mir schnell die Tränen aus dem Gesicht und öffnete schließlich die Tür. Yuki hatte die Hände auf dem Rücken verschränkt. Ihm so nah gegenüber zu stehen, machte mir seine Größe bewusst. Er wirkte wie der Gott, der er war. Obwohl seine zerzausten Haare etwas menschliches an sich hatten. Ein schmales Lächeln hob seine Mundwinkel.

„Darf ich reinkommen?"

Ich ging einen Schritt zurück und winkte ihn herein. Dann ließ ich die Tür wieder zufallen.

Yuki schlenderte über den weichen Teppichboden und ließ sich vor dem Bett auf den Boden sinken, sodass er jenes als Lehne nutzte. Dann klopfte er neben sich auf den Teppich. Ich verdrehte die Augen, musste aber wegen dieser kindlichen Geste ungewollt lächeln. Als ich saß, zog ich die Knie an die Brust und legte meine Arme um meine angewinkelten Beine. Dann geschah gar nichts.

„Ich dachte, du wolltest reden", meinte ich nach einer Weile.

„Ich habe gesagt, ich würde mit dir reden, wenn du das möchtest."

Ich dachte über seine Worte nach. „Wusstest du es? Dass sie entkommen sind?"

Für seine Antwort nahm Yuki sich Zeit. „Ja. Vor ein paar Sonnen hatten wir erfahren, dass die Gruft, in die wir sie gesperrt hatten, leer sei. Ich war davon ausgegangen, dass auch du es wusstest. Und ich hätte nie mit ihren Absichten gerechnet. Ich weiß nicht, wieso, doch ich hatte in ihnen keine Gefahr mehr gesehen." Er machte eine kurze Pause. „Vielleicht liegt es daran, dass sie meine Schwester ist."

Ich versuchte den Kloß in meinem Hals runterzuschlucken.

„Wirst du ihm verzeihen?", fragte Yuki dann etwas zögerlich.

Ich hielt kurz die Luft an, in der Hoffnung, die nächsten Tränen zu unterdrücken. „Ja. Das möchte ich wirklich. Aber gerade tut es so... so unglaublich weh."

Er nickte.

Eine Weile schwiegen wir wieder und ich dachte über meine Worte nach. Sie waren die Wahrheit und es tat gut, diese Wahrheit mit jemandem zu teilen.

Schließlich fragte ich: „Was machen wir jetzt?"

„Wegen meiner Schwester und ihrem Liebhaber?"

Ich nickte.

„Wir müssen vorsichtig sein." Er machte eine Pause und drehte seinen Kopf dann zu mir. „Ich möchte dir keine Angst machen, Jamie, aber sie könnten wirklich vorhaben, dich zu… töten. Wenn sie jedoch tatsächlich das schlagende Herz wiederherstellen wollen, werden sie das nicht allein schaffen."

„Was meinst du?"

„Sie haben zu zweit nicht genug Macht, um so ein wichtiges Objekt wiederherzustellen. Vor allem, da es von seiner eigenen Macht zerstört wurde." Er machte eine kurze Pause, in der er sein linkes Bein anwinkelte. „Ich befürchte, sie werden den Regenten der Schatten um Hilfe bitten."

Ich stutzte. „Den Regenten der Schatten?"

„Die Dunkelheit höchst persönlich. Der, der uns vor Jahrhunderten in dieses Reich gebracht hatte und sich an jeder Art von Chaos ergötzt.

Er könnte das Herz wiederherstellen. Und nicht nur das."

„Geht es denn noch schlimmer, als das Herz zurückzuholen? Ich meine, dann hätten sie die ganze Macht."

Yuki lachte, doch es klang nicht glücklich. „Der Regent hat *ein* großes Ziel, Jamie. Was meinst du, warum er uns damals von der Erde in diese Dimension verbannt hat?"

Es dauerte etwas, bis sich in meinem Kopf die Teile zusammensetzten. „Er will die Erde übernehmen."

„Und sie in ewige Dunkelheit stürzen. Das Problem ist, dass es selbst für ihn schwierig ist, so viele Leben auszulöschen. Er arbeitet zwar daran, sonst würde jeder von euch wohl über hundert Jahre alt werden, jedoch seid ihr Sterblichen gar nicht so blöd, wie man erst denken könnte."

Ich schnaubte verächtlich und stieß meinen Ellenbogen leicht gegen seinen Arm. Er lachte daraufhin nur. „Menschen haben erstaunliche Dinge erschaffen, um den Tod zu bekämpfen."

„Moment, das heißt, dass dieser Regent dafür sorgt, dass Menschen auf der Erde sterben?"

„Nicht ganz. Er sorgt dafür, dass sie zu früh und ohne das Zutun der Natur den Tod finden."

Ich dachte nach. Nie war mir bewusst gewesen, dass es über den Göttern noch etwas gab, jemanden noch Mächtigeren. Selbst die Götter konnte man besiegen.

„Kann man den Regenten der Schatten aufhalten?"

Yuki schüttelte den Kopf. „In naher Zukunft wird er das Dunkle auf die Erde lassen. Er spart seit Jahrhunderten seine Kräfte. Wir müssen Liwano und... Seya also aufhalten, bevor sie ihn um Hilfe bitten können. Die Wiederherstellung des schlagenden Herzens würde alles nur noch schlimmer machen."

Auszusprechen, dass seine eigene Zwillingsschwester zu den Bösen gehörte, fiel ihm augenscheinlich schwer. Ich war zwar Einzelkind, doch ich konnte ihn verstehen. Gegen sein eigenes Blut zu kämpfen, machte einen kaputt. Doch man musste sich entscheiden. Die Welt oder sein Blut. Alle oder die Eine, mit der man auf ewig verbunden war.

„Wie kann man sie denn daran hindern?", fragte ich so vorsichtig wie möglich.

„Der Nachkomme des Regenten. Er hatte sich von seinem Vater getrennt und bezieht keine Partei. Trotzdem würde er uns helfen, sollte sein Vater zu weit gehen. Aber er wurde verflucht und bleibt solang verbannt, bis er erlöst wird."

Einen Moment lang sagte keiner von uns etwas. Stumm starrten wir an die Wand vor uns. Ich wollte mehr über diesen Erben wissen und dazu, warum er verflucht wurde. Aber noch bevor ich weitere Fragen stellen konnte, räusperte Yuki sich. „Naja, darum brauchst du dir keine Sorgen machen. Jetzt geht es um dich und Akio. Und vor allem um Dee."

Mein Blick löste sich von der Wand und traf seinen. „Kennst du Dee irgendwoher?" Ich wollte noch nicht über Akio reden. Doch mit Dee hatte ich scheinbar ins Schwarze getroffen. Yukis Augen weiteten sich und er nuschelte ein hektisches „Nein". Was hatte ich erwartet. Natürlich konnte der Gott der Wahrheit nicht gut lügen.

Du weißt, dass die Antwort zu schnell kam, sagte ich ihm in Gedanken. Ein leises Grinsen stahl sich auf meine Lippen, als er meinem Blick auswich. Ich kniff die Augen zusammen. „Sie ist dir wichtig."

„Jedes Lebewesen ist wichtig."

„Natürlich. Nur ist meine beste Freundin aus unerklärlichen Gründen *besonders* wichtig."

„Ich denke... ich denke ich sollte wieder gehen. Man braucht mich sicher... irgendwo."

Ich sah zu, wie er sich erhob und dann nachdenklich zu mir heruntersah. Yuki öffnete den Mund, entschied sich dann jedoch dagegen, etwas zu sagen. Dann verließ er mein Zimmer.

Das war eine ganz schön seltsame Unterhaltung gewesen. Seltsam, doch sie hatte mir geholfen. Die Sorgen um diesen Regenten der Schatten und um Dee überragten Akios Lügen. Allerdings wollte ich mir auch keine Gedanken darüber machen, was passieren würde, wenn Seya und Liwano mit ihm gemeinsame Sache machten. Oder wenn er die Erde zerstören würde.

Ich hatte keine Ahnung, wie mächtig dieser Regent war, doch wenn er sogar die Götter hatte besiegen und in dieses Reich verbannen können, musste er *ziemlich* mächtig sein.

Eine Weile blieb ich noch vor meinem Bett sitzen. Ich wusste nicht wirklich, was ich tun sollte. Wir hatten so viele Stunden nach dem Buch gesucht, von dem Samira gesprochen hatte. Vielleicht suchten wir an der falschen Stelle.

Da fiel mir ein, dass auch in dem Raum mit dem langen Tisch und der himmelgleichen Decke viele gefüllte Bücherregale gewesen waren. Vielleicht sollte ich dort nachsehen. Obwohl Samira gesagt hatte, wir sollten in der Bibliothek suchen. Ich seufzte und stand auf. Irgendetwas musste ich tun, sonst würden meine Gedanken mich irgendwann um den Verstand bringen.

Die Tür gab keinen Laut von sich, als ich mein Zimmer verließ. Dieser Palast hatte viel zu viele Gänge, doch ich erinnerte mich in etwa, in welcher Richtung der Raum mit der fehlenden Decke, in dem die Götter scheinbar ihre Besprechungen abhielten, lag.

Ein wenig später erkannte ich die reich verzierte Flügeltür. Vorsichtig legte ich ein Ohr an das Holz, um sicherzugehen, dass ich niemanden stören würde, wenn ich eintrat. Nichts zu hören. Also schob ich die Türelemente auseinander und betrat den atemberaubenden Raum. Wie schon vor ein paar Tagen spiegelte die Decke den Himmel wieder. Pink und Lila verliefen sich im Blau des Himmels und bildeten einen harmonischen Anblick. An den Wänden reihten sich die Bücher in den Regalen. Entschlossen ging ich auf eines zu und begann mit der Suche nach Hinweisen zu Dees Heilung.

Geprägte Lederbände über Gesetze, Regeln und Geschichte gab es hier zur Genüge. Immer wieder las ich das Wort *Anno* – Jahr auf Lateinisch. Kam diese Sprache etwa von den Göttern? Soweit ich mich erinnern konnte, hatte Akio bei der Beschwörung von Yuki auch lateinische Worte verwendet. Ich schluckte ein Kichern hinunter. Meine Lateinlehrerin wäre stolz auf mich.

„Das wäre sie in der Tat", hallte plötzlich eine vertraute Stimme durch den Raum. Hektisch drehte ich mich um. Ean stand mit verschränkten Armen in der Tür und lehnte am Rahmen. Seine grünen Augen schienen zu leuchten, als er sich abstieß und auf mich zu kam. Er sah etwa so alt aus wie Tane – vielleicht Anfang dreißig. Generell schienen die Götter alle in etwa gleich alt zu sein. Wobei Yuki und Seya einige Jahre jünger wirkten.

„Du hast recht. Die Zwillinge sind tatsächlich die Jüngsten von uns." Seine Stimme hatte einen leichten Akzent, der mich etwas an zu Hause erinnerte. „Das ändert jedoch nichts daran, dass wir alle mittlerweile über tausende von Jahren hier leben." Er schnaubte, als er lächelte.

Etwas verunsichert legte ich das Buch, das ich noch in der Hand hielt, wieder ins Regal.

„Oh nein. Lass dich nicht von mir aufhalten, Dee zu helfen."

„Du kennst sie?"

Ean zog die Luft ein. „Nein. Ihr Name ist in den letzten Tagen nur ziemlich oft gefallen." In seiner Stimme lag ein leichtes Zittern. War er etwa nervös?

„Jamina," setzte er dann erneut an, „ich muss dir etwas sagen. Ich–" In diesem Moment wurde die Tür erneut aufgerissen und Finley trat schwer atmend herein. „Jamie! Du musst sofort mitkommen!"

Mein Blick blitzte zu ihm. „Was ist passiert?"

„Dee. Sie ist wach!"

$\mathcal{K}$apitel 9

Meine Schritte flogen nur so über den edlen Boden. Mein Herz traute sich kaum zu schlagen, meine Brust zog sich zusammen. Ich war nicht in der Lage zu sprechen, doch Finley erklärte mir auch so, was passiert war.

„Ich war noch in der Bibliothek und habe mit Akio weiter gesucht. Da kam Gwen auf einmal rein und meinte, dass Dee geheilt sei." Er schnappte nach Luft, da wir immer noch rannten. „Yuki war bei ihr. Er muss irgendwas gemacht haben, was ihr geholfen – sie gerettet hat."

Ich konnte gar nicht glauben, was mein Freund mir erzählte. Erst als wir in Dees Sonnenaufgangs-Zimmer eintraten, hatte ich das Gefühl, wieder atmen zu können.

Dee saß aufrecht in ihrem Bett. Ihr dunkles Haar rahmte ihr lächelndes Gesicht ein und berührte ihre rosigen Wangen. Als sie mich sah, wurde ihr Lächeln noch breiter und ich hatte das Gefühl, ein ganzer Tsunami an Tränen tobte hinter meinen Augen. Überglücklich setzte ich mich auf die Bettkante und nahm meine Freundin in den Arm. Sie war nicht mehr kalt und so... lebendig.

Auch Dee schien das Weinen nicht unterdrücken zu können und so schluchzten wir beide, während wir uns in den Armen lagen und uns still schworen, uns nie wieder loszulassen.

Es waren Minuten, in denen wir uns nicht rührten. Dann löste ich mich langsam von ihr. Ihre Augen waren rot vom weinen. Erst jetzt bemerkte ich, dass Yuki auf der anderen Seite des Bettes an einem Stuhl stand. Akio lehnte etwas dahinter an der Wand. Schnell wich mein Blick zurück zu meiner Freundin.

„Wie geht es dir, Dee?"

„Ich bin müde. Und kann mich an nichts hiervon erinnern." Sie sah zu Yuki, der ihr ein so aufrichtiges Lächeln schenkte, dass sie genauso gut gerade sein Kind zur Welt gebracht haben könnte. „Ich weiß nur, dass ich einige

Tage verpasst habe. Und dass ich nicht auf der Erde bin", fügte sie leise hinzu und ihre Augen füllten sich erneut mit Tränen.

Schnell versuchte ich sie zu trösten. „Das stimmt. Doch es ist nicht schlimm. Du bist hier sicher. Und es ist auch nicht schlimm, dass du dich nicht erinnern kannst, warum du hier bist. Du wurdest ..."

„Vergiftet", beendete Yuki meinen Satz ruhig. Beiläufig nahm er ihre Hand und fuhr mit dem Daumen über ihre Fingerknöchel. „Aber jetzt ist alles wieder gut."

Wieder begann sie zu schluchzten und hielt sich an seiner Hand fest. Yuki machte beruhigende Geräusche. Dann winkte er einen Bediensteten, der die ganze Zeit über an der Wand gegenüber vom Bett gestanden hatte, zu sich und nahm ein Glas Wasser von dessen Tablett.

„Du solltest etwas trinken", sagte er mit tiefer Stimme und reichte meiner Freundin das Wasser. Auf einmal hatte ich das Gefühl, ich war in einem Liebesfilm gelandet und vor mir saßen die Hauptcharaktere. Ich schmunzelte, als der Gott den Blick hob und mich unsicher ansah.

Ich wusste es, triumphierte ich in Gedanken. schnell wandte er seinen Blick wieder zu Dee. Glücklich stand ich auf und stellte mich neben

Finley. Auch ihm liefen Tränen über die Wangen.

„Wirst du etwa sentimental?", neckte ich ihn und stupste ihn mit dem Arm an.

„Hm? Nein. Ich doch nicht." Er wischte sich mit dem Ärmel die Tränen unter den Augen weg. „Das nennt man Erleichterung."

Da musste ich ihm zustimmen. Auch mir fiel ein unfassbar riesiger, spitzer Stein vom Herzen.

Wir blieben noch, bis der Himmel hinter dem großen Fenster immer dunkler wurde. Ich bestand darauf, dass ich nicht wieder mit den ganzen Adligen in dem runden Raum essen würde, sondern genau hier, zusammen mit Dee und Finley. Yuki hatte mir meine Bitte nicht abgeschlagen, musste jedoch selbst an dem Essen teilnehmen. Was sich gut traf, denn ich musste meine Freundin dringend fragen, was es mit ihm auf sich hatte. Drei Bedienstete traten ins Zimmer und brachten gefüllte Teller und Gläser. Wir zogen einen kleinen Tisch an Dees Bett.

Akio war mit Yuki zusammen gegangen. Meine innere Stimme schrie mir zu, ich sollte ein schlechtes Gewissen haben, doch ich ignorierte sie. Das schlechte Gewissen hatte ich auch ohne ihr Zutun. Außerdem wollte ich die Zeit zu dritt genießen.

„So Dee", begann Finley und stellte ihr einen Teller mit buntem Gemüse und sichelförmigem Gebäck vor die Nase. „Was läuft da zwischen dir und diesem Gott?"

„Gar nichts." Ihr Gesicht wurde so rot wie eine Kirsche. Hatte ich schon erwähnt, dass meine Freundin nicht lügen konnte?

Sie schien unsere skeptischen Blicke zu bemerken. „Er ist nur nett zu mir. Mehr nicht." Schnell nahm sie sich den Teller und stopfte sich das beigelegte Brot in den Mund. „Wir sollten viel lieber über dich und Akio reden", sagte sie dann an mich gewandt, „in diesen Betten kann man doch sicher gut–" Ich spielte einen schwerwiegenden Hustenreiz vor. Meine Freundin grinste. „Nicht?"

„Es ist im Moment ein bisschen schwierig", gab ich zu und bediente mich an den Speisen.

„Wieso?"

„Er hat mich angelogen und mir vorenthalten, dass Seya und Liwano nicht mehr gefangen sind."

„Oh." Dee schluckte das Brot herunter. „Das sind die beiden Götter, gegen die ihr gekämpft hattet, richtig?"

Ich nickte. Dass Dee geheilt war, war das Beste, was mir in diesem Jahr passiert sein wird. Doch bei dem Gedanken an Seya und Liwano und Yukis Worte über den Regenten der Schatten zog sich etwas in mir zusammen. Es war noch nicht vorbei. Und jeder meiner Atemzüge machte mir das schmerzlich bewusst.

Doch jetzt feierten wir erst einmal, dass es Dee wieder gut ging. Finley und ich blieben noch lange bei ihr. Wir lachten zusammen und erzählten ihr, was wir alles schon im Reich der Götter erlebt hatten. Ich versprach ihr, dass Eryndal die märchenhafteste Stadt war, die je existieren würde, und dass wir sie zusammen besuchen würden.

Wir berichteten von dem Besuch bei Samira und von der Bibliothek, in der wir Stunden bei der Suche nach einem Gegenmittel verbracht hatten.

Dee war so überwältigt, dass sie wahrscheinlich sofort all diese Orte sehen wollte. Aber ihr Körper war noch schwach, und als der Himmel ein tief dunkles Blau zeigte, schlief Dee schließlich ein.

Finley und ich schlossen die Gardinen und deckten Dee mit zwei Decken zu, aus Angst, sie könnte ihre Körperwärme erneut verlieren. Die Lichter ließen wir brennen. Wenn Dee aufwachen sollte, wollte ich, dass es hell war und die schönen Farben des Zimmers sie beruhigen würden.

Gemeinsam verließen Finley und ich ihr Zimmer, schlichen den spärlich beleuchteten Flur entlang zu unseren Räumen.

„Gute Nacht", flüsterte ich, als sich unsere Wege trennten.

Finley lächelte – seit Tagen das erste aufrichtige Lächeln von meinem Freund, dem das Lachen sonst wie angeboren schien. „Gute Nacht, Jamie."

Es war seit langem die erste Nacht, in der ich nicht neben Akio schlief. Es war ein so einsames Gefühl, dass ich am liebsten zu ihm rüber gegangen wäre. Aber das konnte ich nicht. Zuerst musste er das irgendwie wieder gut machen.

Meine Gedanken fanden keine Ruhe. Immerzu dachte ich an die Gefahren, die uns bevorstanden. Wie waren wir da schon wieder reingeraten?

Ich schloss die Augen. Mein Körper bettelte um Schlaf, allerdings schien mein Geist ihn foltern zu wollen. Es dauerte ewig, bis ich endlich einschlief.

Der Geruch von süßem Gebäck und dampfendem Früchtetee rüttelte mich aus dem Schlaf.

Als ich mich aufsetzte zerrten Kopfschmerzen an meinen Nerven. Für den hohen Flüssigkeitsverlust beim Weinen hatte ich viel zu wenig getrunken. Erschöpft stöhnte ich auf. Es dauerte, bis sich die Farben und Lichter um mich herum zu einem klaren Bild geformt hatten. Neben meinem Bett stand der Servierwagen, der dort auch am ersten Morgen gestanden hatte und mit Bergen von Leckereien befüllt war. Ein weißer Umschlag lag zwischen den Tellern. Ich nahm ihn an mich und öffnete ihn.

Hi Jamie,

Ich wollte nur sagen, ich werde das wieder gut machen.

Versprochen.

Ich vermisse dich, dein Akio

Ich kicherte, als ich seine, ausnahmsweise lesbare Schrift las, und mein Innerstes machte einen Freudensprung. Er dachte an mich.

Gut gelaunt nahm ich mir einen von den verrückt schmeckenden Sternen. Der Geschmack explodierte auf meiner Zunge und war Brennstoff für mein inneres Freudenfeuer. Ich aß noch ein weiteres Gebäckstück, dann stand ich auf. Fröhlich zog ich die hellen Gardinen zur Seite und hieß das Licht des anbrechenden Tages willkommen.

Aus dem Kleiderschrank nahm ich mir eine schwarze enge Hose und ein mint-farbenes Kleid mit langen Ärmeln. Es sah aus wie ein leichtes Sommerkleid, war jedoch leicht gefüttert, was es für die teilweise kühlen Temperaturen dieses Reiches perfekt machte.

Mit meiner Ausbeute verschwand ich im Bad und genoss eine lange, warme Dusche.

Der Spiegel war beschlagen, als ich mich wieder anzog und meine feuchten Haare mit einem Handtuch trocknete.

Die verschwundenen Sorgen um Dee erleichterten mich und gaben mir die nötige Motivation, um mich mehr mit unseren Feinden zu beschäftigen. Außerdem stand immer noch die Frage im Raum, warum jemand Dee vergiftet hatte. Und wer dieser jemand war.

Mir fielen Yukis Worte wieder ein. *Sie könnten wirklich vorhaben, dich zu töten.*

Eine Gänsehaut jagte mein Rückgrat nach unten. Hatten Seya und Liwano Dee vergiftet? Vielleicht war es nur ein Versehen gewesen, weil sie eigentlich… mich treffen wollten.

Ich schluckte. Meine gute Laune wurde von diesem Gedanken gedämmt. Eigentlich hätte das Wou-Wasser mich treffen sollen. Da war ich mir sicher. Dee hatte mit all dem nichts zu tun, doch ich hatte damals den Traum der beiden Götter zerstört. Und dafür würde ich bezahlen müssen.

Ich musste mehr über meine Feinde herausfinden. *Nur wer seine Feinde kennt, weiß wer seine Freunde sind.* So hat Grandpa es zumindest immer gesagt. Außerdem brauchte ich mehr Informationen zu diesem dunklen Erben und dessen Vater, dem Regenten der Schatten. Wir brauchten den Erben scheinbar, um zu verhindern, dass der Regent noch an der Macht ist, wenn dieser genug von dieser hatte, um *die Welt in ewige Dunkelheit zu tauchen.* Ob Yuki dies als Metapher gemeint hatte oder nicht, wollte ich gar nicht wissen.

Wir mussten also nur ein weiteres Mal die Erde vor dem Untergang retten. Was konnte dabei schon schiefgehen?

Ich grinste. Es war so absurd. Zu surreal, als dass es wahr sein könnte.

Nachdem meine Haare endlich nicht mehr klitschnass waren, ging ich zu Dee. Ich brauchte meine Freundin, als meinen Anker, der mich an meinem zu Hause halten würde.

Als meine Fingerknöchel gegen ihre Holztür schlugen, ertönte schon nach einem Herzschlag ein leises „Ja".

Dee saß in ihrem Bett, hatte einen Teller mit Obst und Gebäck vor sich und krümelte grinsend ihre Bettdecke voll.

„Jamie! Du siehst wunderschön aus."

Kichernd ging ich auf sie zu. „Danke. Du aber auch. Wie ich sehe geht es dir wieder gut?"

„Ich kann zumindest diese seltsam leckeren Dinger hier essen." Sie wedelte mit einem violetten Fruchtstück herum, bis sie ein Stück davon abbiss.

Ich sah mich im Raum um. Bis auf zwei Bedienstete, die mit weiteren Tabletts und Schwertern an ihren Gürteln am Rand des Zimmers standen, waren wir allein.

„Hat dein Verehrer die Wachen hier aufgestellt?", fragte ich und bewunderte, wie leicht man meine Freundin doch aus dem Konzept bringen konnte.

„Er ist nicht mein Verehrer! Er wollte nur verhindern, dass mir noch etwas passiert."

Ich setzte mich zu ihr und begann am Saum meines Kleides zu nesteln. „Dee, ich glaube nicht, dass du das Ziel der Vergiftung gewesen warst. Auf der Party war es eng gewesen, ich denke–"

„Du glaubst, es hätte dich treffen sollen?"

„Warum sollte jemand dich töten wollen, Dee? Ich habe damals das schlagende Herz zerstört und mir damit den Zorn zweier Götter gesichert."

Darauf antwortete sie nichts. Es war, als hätte ich mit meinen Worten einen riesigen Stein des Schweigens ins Rollen gebracht, denn auch ich blieb still.

Erst nach einer Weile räusperte ich mich. „Ich werde die Götter nach diesem Erben und seinem Vater fragen. Ich muss genauer wissen, wie alles zusammenhängt."

Dee nickte. „Pass auf dich auf, Jamie."

Es stellte sich als recht kompliziert heraus, die Götter in ihrem riesigen Palast zu finden. Ich ging mit schnellen Schritten die Gänge entlang, sah in der Bibliothek und in dem Besprechungsraum nach.

„Wo sind nur diese verdammten Götter wenn man sie mal braucht?"

„Kann ich dir helfen?" Ich zuckte zusammen und wirbelte herum. Die Frau mit den blutroten Haaren stand vor mir.

„Ähm… ich… Ich suche die Götter. Oder wenigstens einen von ihnen."

„Sie sitzen gerade, in einer Diskussion verstrickt, im anderen Teil des Schlosses. Kann ich dir vielleicht helfen?" Ihre Stimme klang so hilfsbereit, dass ich nicht lang nachdachte.

„Ich wollte mehr über den dunklen Erben und den Regenten der Schatten herausfinden."

„Nun, da solltest du am besten Leonidas fragen. Er ist das Kind eines Gottes und lebt schon ziemlich lang."

„Wo kann ich ihn finden? Lebt er hier, im Palast?"

„Nein, er hat ein eigenes Haus in Eryndal. Es liegt nicht weit entfernt von hier, du kannst es leicht an seiner grünen Farbe erkennen."

Hoffnung keimte in mir auf. „Vielen Dank." Ich wand mich ab. Nach dem seltsamen Gespräch mit ihrem weißhaarigen Begleiter gestern wollte ich, trotz ihrer netten Art, nicht länger als nötig mit ihr reden. Wer weiß, wie viel er ihr erzählt hatte, und wie unangenehm das Gespräch sonst noch werden könnte.

Die hellen Wände zogen in meinen Augenwinkeln an mir vorbei, während ich zielstrebig auf die große Flügeltür in der Eingangshalle, durch die wir vorgestern mit Aluna zusammen diesen Palast verlassen hatten, zusteuerte. Gerade ging ich die Treppe nach unten, da hörte ich leichte Schritte von unten. Ich blieb auf einer Stufe stehen. Aus einem Gang von links kam Toro, Yukis Tiger, in die Halle und sah zu mir auf. Aufatmend setzte ich wieder einen Schritt vor den anderen.

Als ich unten angekommen war, kam der Tiger langsam auf mich zu. „Bist du dir sicher, dass es an deiner Stelle eine gute Idee ist, allein in Eryndal unterwegs zu sein?" Ich erschrak. Toro legte den Kopf schief. „Ohje, tut mir leid. Ich dachte, du wüsstest, dass wir sprechen können."

Überrumpelt ging ich einen Schritt zurück. Ich starrte den Tiger an, der... zu grinsen schien? Können Tiger überhaupt grinsen?

„Du kannst den Mund wieder zu machen", sagte er und ein tiefes Kichern drang zu mir.

Ich schüttelte den Kopf. „Du... kannst auch reden?"

„Ein richtiger Blitzmerker." Wieder ertönte dieses tiefe Brummen und ich fragte mich, warum ich davon ausgegangen war, dass er nicht sprechen konnte. Kirei konnte es schließlich auch.

„Warum sprichst du erst jetzt mit mir?" Oh Gott, ich hörte mich an, als stände ich gerade dem Geist von *Michael Jackson* gegenüber.

„Ich hatte keinen Anlass", meinte Toro trocken, „aber jetzt habe ich gesehen, wie du den Palast verlassen wolltest, was, wenn ich anmerken darf, eine ziemlich undurchdachte Idee ist."

Ich fand endlich meine innere Mitte wieder und setzte wieder einen Schritt nach vorn. „Ich weiß, dass es gefährlich sein könnte. Aber ich muss mehr über den dunklen Erben erfahren. Yuki meinte, er würde verflucht sein und der Einzige, der uns helfen könnte, den Regenten der Schatten zu besiegen. Ich kann nicht einfach hinter diesen goldenen Wänden hocken und warten, bis die Erde zerstört wurde." Ich verschränkte die Arme vor der Brust. „Du kannst ja mitkommen. Dann bin ich nicht alleine unterwegs."

Toro schnaubte, schien dabei kurz über meine Worte nachzudenken. „In Ordnung. Aber wenn doch etwas passiert ist es nicht meine Schuld. Ich habe dich gewarnt."

Dem war ich mir durchaus bewusst. Und es war nicht so, als hätte ich keine Angst davor, dass Seya und Liwano zufällig auch in der Stadt sein würden. Aber nichts tun war keine Option. Außerdem konnte ich mich viel besser selbst schützen, wenn ich wüsste, ob die beiden Götter schon in der Stadt waren oder nicht. Zumindest bildetet ich mir das ein.

Manchmal musste man eben mit einem gewissen Risiko leben, um das zu bekommen, was man möchte.

$\mathcal{K}$apitel 10

Toros schwere Tatzen schlichen fast lautlos über die Steine. Mit jedem Schritt hoben sich seine Schulterknochen etwas hervor. Die Straßen der Stadt waren leicht gefüllt. Immer wieder kamen uns Wesen entgegen, die zwar die Körperform eines Menschen hatten, dazu jedoch Hörner, die sich geschwungen dem Himmel zuwagten oder Hautfarben, die an Reptilien erinnerten. Die Augenfarben waren bei den meisten wie auf der Erde, doch ein paar stachen mit einem leichten violett heraus.

Ich war froh, Toro an meiner Seite zu haben. Er hatte mir schon einmal geholfen und ich hatte das Gefühl, in ihm einen echten Freund gefunden zu haben. Oder vielleicht eher einen

Bodyguard, so aufmerksam, wie er die Leute musterte. Er war wahrscheinlich jederzeit bereit, mich im Eiltempo zurück ins Schloss zu bringen, sollte er Seya oder Liwano hier sehen. Ich dachte nach. Vielleicht ließen sie sich ja überzeugen, die ganze Sache mit dem schlagendem Herzen zu vergessen? Ok, ich gebe zu, das war eher Wunschdenken.

Doch wäre ich länger in den engen Mauern des Schlosses geblieben, hätte es nicht mehr lang gedauert und ich hätte irgendetwas möglichst Teures gegen die nächstbeste Wand geschmissen.

Außerdem wollte ich Akio nicht über den Weg laufen. Ich brauchte Abstand, und zwar nicht nur über ein paar Flure.

Ich sah zu Toro, der mit leicht zugekniffenen Augen die Straße beobachtete. Sein Fell glänzte in der Sonne leicht golden. In seinen Augen erschienen immer wieder kleine Lichtblitze.

Ein bisschen fühlte ich mich wie *Yasmin*, die Prinzessin von Aladin, die stets *Rajah* an ihrer Seite hatte. Nur dass Toro um einiges größer war, als Yasmins Tiger. Im Gehen ging sein Kopf mir bis über die Schultern, wodurch wir so ziemlich auf Augenhöhe waren.

Ich wünschte, Dee könnte Toro sehen. Sie würde ihn quietschend fragen, ob sie sein Fell streicheln dürfte und ihm minutenlang in die schimmernden Augen sehen.

„Worüber denkst du nach?", fragte plötzlich seine tiefe, freundliche Stimme, die bei jeder Silbe zu vibrieren schien.

Ich überlegte kurz. „Ich habe über Dee nachgedacht. Sie würde dich mögen."

Ein leises Grinsen erschien auf seinem Gesicht – ja, Tiger konnten scheinbar wirklich grinsen. „Wenn du das sagst." Er schnurrte, was wie der Motor eines Oldtimers klang. „Wo gehen wir eigentlich genau hin?"

„Zu einem grünen Haus, das einem Leonidas gehören soll. Eine der Adligen aus dem Schloss hatte mir gesagt, er wüsste vielleicht etwas."

Toro sah skeptisch zu mir rüber, als fände er es extrem leichtsinnig, aufgrund eines *vielleicht weiß er etwas*, gleich mein Leben aufs Spiel zu setzen. Doch ich ließ mich nicht beirren, schlenderte weiter die Straßen entlang, bis wir auf der rechten Seite endlich ein mintgrün gestrichenes Haus fanden. Bunte Blumen hingen in Körben am Dach herab.

Zufrieden grinste ich Toro zu und klopfte an der Tür. Der Tiger setzte sich Augen verdrehend daneben, sodass man ihn von der Türschwelle aus nicht sehen konnte. Ich dachte gar nicht erst darüber nach, ob es Absicht war, dass er so einen Überraschungsangriff starten könnte.

Ein paar Atemzüge vergingen, bis die Tür von einem Typen, der ein paar Jahre älter als Akio wirkte, geöffnet wurde. Er hatte strohblondes Haar und strahlend blaue Augen. Überrascht sah er mich an. „Guten Tag. Mit wem habe ich die Ehre."

„Jamie. Hi. Ich bin hier, weil mir gesagt wurde, du könntest mir etwas über den dunklen Erben erzählen. Vorausgesetzt, du bist Leonidas."

Eine seiner Augenbraue wanderte nach oben. „Der bin ich." Er sah sich um. „Wir können oben weiterreden. Da gibt es Kekse und ein mehr oder weniger gemütliches Wohnzimmer."

Ich zögerte kurz. In allen Büchern, die ich gelesen hatte, würde die Hauptfigur jetzt entweder vergewaltigt oder zu irgendeiner Opfergabe gemacht werden. Auf beides konnte ich sehr gut verzichten. „Ich finde das Erdgeschoss auch in Ordnung." *Damit Toro mich besser retten könnte*, ergänzte ich in Gedanken.

Er sah mich an. „Sehe ich so aus, als würde ich über dich herfallen, dir alle Klamotten vom Leib reißen und dich ausbeuten?"

Ertappt wanderte mein Blick auf den Boden.

„Keine Angst, in der Beziehung hab ich für Frauen nicht sonderlich viel übrig." Er zwinkerte mir zu und trat ein Stück zur Seite. „Aber ich wäre an deiner Stelle wahrscheinlich auch so vorsichtig. Also können wir auch gern hier unten bleiben." Ein sympathisches Lächeln umspielte seine Lippen. Erleichtert sah ich kurz zu Toro, der mir mit einem Nicken zu verstehen gab, dass er hier draußen auf mich warten würde. Ein Bodyguard der Extraklasse, der hier die Augen nach potenziellen Feinden aufhalten würde.

Ich trat in das Haus. Leonidas schloss hinter mir die Tür, ging zu einem vollgestellten Tisch und setzte sich auf einen Stuhl. „Setz dich", bat er an und zeigte auf den Platz gegenüber von ihm.

Langsam ging ich zu ihm und setzte mich auf den freien Stuhl.

„Also, was möchtest du über den dunklen Erben wissen?"

Ich überlegte nicht lang. „Warum genau wurde er vom Regenten verbannt?"

Leonidas' Mundwinkel hoben sich kurz. „Er mochte jemanden, den er nicht mögen sollte. Es hatte damals einen Unfall gegeben mit dieser Person. Sie wäre fast gestorben, woraufhin der Erbe verbannt wurde."

„Woher weißt du das?" Konnte ich dem vertrauen, was er sagte?

Wieder lachte er. „Ich war selbst dabei gewesen."

„Du bist so alt, wie der dunkle Erbe?"

„Nun, mein Vater ist einer der Götter – Liwano, vielleicht hast du ihn schonmal gesehen." Wenn er wüsste. „Ich bin sein erstes Kind, bin aber nicht unsterblich. Nur ein Halbgott, wenn du weißt, was ich meine. Aber ich wollte immer unsterblich sein, also hat mein Vater mir, natürlich aus purer Herzensgüte", das klang verdammt ironisch, „den Stein des Dreimonds gegeben."

„Was kann dieser Stein genau?"

„Ziemlich viel. Mich hat er unsterblich gemacht." Nachdenklich betrachtete er mich. „Solltest du je in die Versuchung kommen, wünsch' dir nicht die Unsterblichkeit. Auf Dauer ist es doch etwas öde."

„Ich werde daran denken." Für einen Moment sah ich mich in diesem Haus um. Die Wände waren hell gestrichen, auf dem Boden lag alltäglicher Kram, von Papieren bis zu Büchern. „Weißt du, wie man den Erben finden kann?"

Ein breites Lächeln zog Leonidas' Mundwinkel nach oben. „*Ich* weiß es nicht. Ich weiß nur, dass nur eine *einzige* Person, außer dem Regenten, es dir sagen kann."

„Und wer?"

Seine blauen Augen funkelten. „Du wirst sie schon selbst finden. Und das hoffentlich schnell, denn schon bald wird der Regent genug Macht haben, um die Erde auszulöschen. Ich denke, einer Sterblichen wie dir, würde das nicht gefallen."

Nachdem ich das Haus von Leonidas wieder verlassen hatte, ging ich grübelnd neben Toro die Straße entlang. Leonidas war ein seltsamer Zeitgenosse, der sicher mehr wusste, als er mir eben gesagt hatte. Er hatte gesagt, dass nur einer wüsste, wie man den dunklen Erben finden konnte. Wer dieser jemand war, hatte er nicht sagen wollen. Frustriert atmete ich aus.

„Hat er dir weiterhelfen können?", fragte Toro nach den nächsten paar Schritten.

„Nicht wirklich. Er –"

Plötzlich durchbrach ein lautes Krachen unsere Unterhaltung. Erschrocken zuckte ich zusammen und sah nach rechts zu den dicht an dicht stehenden Häusern, die sich um den Marktplatz, auf dem wir uns befanden, reihten. Eines hatte ein riesiges Loch im Dach. Ziegelsteine donnerten zu Boden. Ein Geräusch, das wie zersplitterndes Holz klang, drang zu uns nach draußen.

„Toro...?"

In dem Moment wurde die Tür aufgerissen und eine riesige Kreatur stürmte hindurch. Es riss den Türrahmen und einen Teil der Fassade mit sich. Schwere Steine fielen zu Boden. Als ich den Blick hob, setzte mein Herz aus.

Ein gigantisches *Wesen* mit schwarzer, zerrissener Haut und mit Hörnern, die die Form eines Samurai-Schwertes hatten und den Schädel des Wesens durchbrachen, stand nun ein paar Meter vor uns. Seine Augen glühten in einem aggressiven rot. Rotbraunes Fell auf seinem Rücken wirbelte schwerelos durch die Luft und die Zähne dieses Ungetüms waren nach außen gebogen, sodass sie zielsicher jedes Opfer durchstoßen konnten. Es stand auf zwei behuften Beinen und hatte Hände, die mit Klauen ausgestattet waren, auf die jeder Bär neidisch gewesen wäre.

Rasende Angst, gemischt mit einer großen Menge Panik raste plötzlich durch mein Blut.

„Weg hier." Toro schob mich mit dem Kopf nach vorn und holte mich damit endlich aus meiner Starre.

„Was ist das?!", kreischte ich, während ich hinter dem Tiger her sprintete. Donnernde und viel zu schnell klingende Schritte folgten uns.

„Ein Oni. Ein Dämon des dunklen Reiches." Jeder Sarkasmus war aus Toros Stimme verschwunden. „Jamielle, du musst so schnell es geht wieder zum Palast. Ich werde ihn aufhalten."

„Was?!"

„Lauf!" Damit stützte er sein Gewicht auf die Vorderpfoten und drehte sich mit Schwung unserem Verfolger zu. Automatisch sah ich zurück.

Was ein großer Fehler war.

Der Dämon war direkt hinter uns und war mindestens drei Meter groß. Ich kreischte erneut auf und wollte schneller wegrennen, doch vor mir erklang ein weiteres Grollen. Ein zweiter Oni tauchte auf dem Dach links neben mir auf. Mit Anlauf sprang er von der hohen Kante und landete mit einer ohrenbetäubenden Lautstärke vor mir. Der steinerne Boden zersplitterte unter seinem Gewicht. Ein weiterer Schrei kroch meine Kehle hinauf. Das stier-ähnliche Gesicht des Dämonen verzog sich zu einer bösartigen Grimasse und seine Augen schienen Feuer zu fangen. Der Dämon stieß ein aggressives Knurren aus und ballte die klauenartigen

Hände zu Fäusten. Rauchfäden schwirrten um seinen gigantischen Kopf herum.

In dem Moment hob er die Klaue und holte zum Schlag aus. Ich wollte zur Seite springen und in eines der Geschäfte flüchten, doch dort stand plötzlich ein weiterer Dämon. Mein Herz raste, pumpte unregelmäßig das Blut durch meine Adern.

Ich bremste ab, hechtete zur anderen Seite und stürzte an dem ersten Dämon vorbei. Dabei stolperte ich, verlor das Gleichgewicht und fiel hinter dem Ungetüm zu Boden. Die harten Steine brannten sich in meine Handflächen. Schnell rappelte ich mich auf und lief weiter. Hektisch bog ich in eine weitere Gasse ab, das Schloss erschien vor mir und mein Gehirn überlegte sich einen möglichst kurzen Weg. Meine Lungen brannten, und mit jedem Schritt hörte ich, wie meine Verfolger sich näherten. Hoffentlich ging es Toro gut!

In diesem Augenblick traf mich etwas unglaublich Hartes an der rechten Gesichtshälfte. Ein brennender Schmerz alarmierte meine Nerven. Ein schrilles Piepen verdrängte jedes andere Geräusch in den Hintergrund.

Ich fiel zu Boden. Etwas warmes rann an meiner Schläfe herab und tropfte von meinem Kinn auf den Stein unter mir. Schwärze tauchte meine Gedanken in ein tiefes Loch. Ich versuchte, gegen die Bewusstlosigkeit anzukämpfen, doch der nächste Schlag, der mich traf, ließ mich schließlich aufgeben.

Und dann versank ich. In der tiefen Schwärze.

Kapitel 11

Meine Welt drehte sich. Meine Handgelenke schmerzten. Meine rechte Gesichtshälfte pochte und brannte, als würde sie in Flammen stehen. Erschrocken öffnete ich die Augen. Kalte Luft berührte mein Haut, wodurch sich die kleinen Härchen an meinen Armen aufstellten. Ich zitterte. Wo war ich?

Die Wand hinter mir war hart und rau. Vor mir lag eine weitere Wand mit teilweise blutverschmierten Ziegelsteinen. Der Raum war leer. Ich wollte mir die Haare aus dem Gesicht wischen, aber ich wurde aufgehalten. Klirrende Ketten, die in die Wand eingelassen waren und durch scharfe Metallstücke mit meinen Handgelenken verbunden waren, rissen meine Arme zurück. Ich keuchte auf, als der scharfe Schmerz sich in meinem Körper ausbreitete.

„Hallo?", rief ich verzweifelt. Es war nicht mehr als ein hilfloses Krächzen.

„Wer nicht hören will", erklang plötzlich eine verzerrte Stimme. Eine Frau mit langen roten Locken trat in den Raum. Ich kannte sie. Sie hatte mich in die Stadt geschickt. Doch dieses Mal trug sie kein zartgelbes Kleid. Nein, um ihre Schultern legte sich ein dunkler Umhang. Weiße Ränder blitzten zwischen den Falten hervor. Nein.

„Muss fühlen", beendete sie schließlich ihren Satz und kam vor mir zum stehen. „Mein... Mann hatte dir angeboten an seiner Soiree teilzunehmen." Empört betrachtete sie ihre Fingernägel. „Und ich muss dir sagen, er liebt seine Soiree. Und wenn er jemanden als Gast haben möchte, lehnt dieser das Angebot im Normalfall nicht dreist ab." Ihre Stimme war wie ein Zischen auf heißem Stein.

Ich überlegte nicht lang, ob ich meine Gedanken aussprechen sollte. „Ich wäre wohl eher als Spielzeug für ihren *Mann* dagewesen, als ein Gast."

Die Frau kicherte. „So ungezogene Worte, *Jamielle*."

Ich stutzte, als sie meinen Namen benutzte. Soweit ich mich erinnern konnte, hatte ich ihn ihr gegenüber nie erwähnt.

„Doch ich muss dir recht geben." Sie kicherte wieder. „Mein Mann liebt es, sich zu amüsieren. Genauso wie ich. Es ist mir also eine Freude, dir sagen zu dürfen, dass du noch eine Weile länger hier bleiben wirst." Sie quiekte vergnügt, drehte mir den Rücken zu und ging.

„Sie sind ein Monster", presste ich zwischen zusammengepressten Lippen hervor.

„Ein Monster? Ich habe dir geholfen, mehr über das zu erfahren, was du wissen wolltest. Also überdenke deine Worte noch einmal." Ihre Schritte wurden leiser.

„Nein! Warten Sie! Bitte, ich–" Mit einem lauten Knall flog eine Tür zu. Zitternd sackte ich in mich zusammen. Das konnte nicht wahr sein.

Nein, nein, nein, nein, nein.

Verzweifelt riss ich an den Ketten, doch sie gaben keinen Zentimeter nach. Ich schmiss mein gesamtes Körpergewicht nach vorn, aber die Ketten lösten sich nicht. Stattdessen spürte ich etwas warmes an meinen Fingern heruntertropfen. Blut. Verdammt!

Ich drehte mich zu der Wand und versuchte die Verankerung der Ketten zu lösen. Mit einem spitzen Stein, der auf dem Boden lag, schlug ich auf sie ein. Immer und immer wieder. Hohes Klirren erfüllte den Raum, bis die Kette endlich nachgab. Außer Atem widmete ich mich der zweiten.

Jede Faser meines Körpers schmerzte. Erschöpft legte ich den Stein zur Seite, bis ich erneut versuchte, die Ketten aus der Wand zu schlagen.

Gerade, als das Metall dem Stein nachgab, wurde die Tür erneut aufgestoßen. Ich erstarrte und traute mich nicht zu atmen.

Erst, als die Schritte vor mir stoppten, atmete ich auf. Toro stand vor mir.

„Toro", flüsterte ich und fiel ihm um den Hals.

„Es tut mir so leid, Jamielle."

„Haben sie dich auch gefangen?"

„Das wollten sie." Er sah über seine Schulter. „Aber sie haben es nicht geschafft." Er legte sich hin. „Steig auf und halt dich fest."

Ich versuchte zu schlucken. Meine Kräfte waren am Ende. Meine Schläfe pulsierte bei jedem Herzschlag und an meinen Handgelenken rann das Blut herab. Schnell sammelte ich mich und hielt mich an Toros weichem Fell fest.

Mit letzter Kraft hievte ich mich auf seinen Rücken, dann versank alles erneut in Dunkelheit.

Akio

Ich zuckte zusammen als das schwere Eingangsportal aufgerissen wurde. Ich wollte eigentlich nach Dee sehen und sie fragen, was ich tun könnte, damit Jamie mir verzieh. Aber wahrscheinlich hätte sie mir gesagt, dass ich das selbst wissen müsse. Ich hatte es wirklich verbockt. Doch selbst, wenn man mich erneut vor die Wahl stellen würde, ich hätte Jamie nach wie vor verschwiegen, dass Seya und Liwano auf freiem Fuß waren. Die Angst in ihren Augen hatte mich fast umgebracht, als sie es erfahren hatte. Das hätte ich nicht fertiggebracht.

Ob sie immer noch in ihrem Zimmer war? Ich hatte sie den ganzen Tag noch nicht gesehen.

Ich seufzte. Sie brauchte Abstand und den konnte ich ihr nicht verwehren.

Meine Gedanken schweiften zu dem lauten Rums von eben. Wer traute sich wohl, die Tür zu den Göttern so aufzuknallen? Gab es vielleicht dringende Neuigkeiten?

Schnellen Schrittes folgte ich dem Gang Richtung Eingangshalle. Ich bog ab, lehnte mich ans Geländer und...

Mein Herz hörte auf zu schlagen.

Toro stand in der Mitte der Halle, auf ihm lag Jamie. Viel zu viel Blut rann an dem Fell des Tigers nach unten. Doch es war nicht sein Blut.

„Jamie!" Ich sprintete nach unten, immer drei Stufen auf einmal nehmend. „Was ist passiert?" Meine Stimme war nicht mehr als ein dumpfes Kratzen. Ich reckte die Arme und hob das Mädchen, in das ich mich verliebt hatte, von Toros Rücken. Auf ihrer rechten Wange waren drei tiefe Schnitte. Verzweiflung, Panik und Angst und davon alles auf einmal schnürten meine Kehle zu. „Wir brauchen einen Arzt! Schnell!", brüllte ich in die leeren Gänge. Bittere Tränen brannten in meinen Augen, doch ich durfte jetzt nicht die Kontrolle über mich verlieren.

„Hier!" Ich drehte mich, mit Jamie auf den Armen, zu der vertrauten Stimme. Yuki stand in einem der Gänge. Schnell ging ich auf ihn zu, darauf bedacht, Jamies Kopf möglichst stabil zu halten. Toro folgte mir.

Yuki führte uns in einen großen Raum, der wie eine Miniatur-Bibliothek wirkte.

Vorsichtig legte ich Jamies schlaffen Körper auf eine breite Couch und setzte mich neben sie. Ich strich ihr die vom Blut verklebten Haare aus den Wunden.

„Was ist passiert?", wollte Yuki wissen und kam mit einem feuchten Tuch zu uns.

„Wir wurden angegriffen. Von Oni. Sie haben uns auf der offnen Straße angegriffen. Als sie Jamielle getroffen hatten, haben zwei, in Umgängen getarnte, Personen sie mitgenommen.", antwortete Toro mit fester Stimme. Ich sah zu dem großen Tier auf. Ich hatte gewusst, dass er sprechen konnte, doch seine intensive Stimme überraschte mich.

Yuki stieß einen schockierten Laut aus. „Das ist unmöglich. Warum sollten Oni auf die helle Seite kommen?"

„Ich weiß es nicht, aber sie hatten es eindeutig auf Jamielle abgesehen." Der große Tiger legte sich auf den Teppich vor uns.

„Ich habe versucht, sie zu beschützen. Aber es waren zu viele, sie –"

„Ist schon ok, Toro", unterbrach Yuki seinen Gefährten, „Sie wird wieder."

Wie konnte er so ruhig klingen, wo Jamie offensichtlich eine so große Menge Blut verloren hatte? Unerklärliche Wut vermischte sich mit meiner Sorge.

Ich sah zu dem Gott auf, der mir das kühle Tuch gab. „Es wird helfen."

Ich nahm es entgegen und als ich den feuchten Stoff berührte, begannen meine Hände zu kribbeln. Ich schluckte und legte das Tuch vorsichtig auf Jamies Wunden. Als sie bei der Berührung zusammenzuckte, zerbrach etwas in mir, nah bei meinem Herzen.

Wie von allein nahm ich ihre Hand. Ich erschrak. „Was ist mit ihren Handgelenken passiert? Wir brauchen irgendetwas, um die Blutungen zu stoppen!" Meine Stimme geriet schon wieder ins Wanken.

„Das ist nicht nötig", versuchte Yuki mich zu beruhigen. Er kam auf Jamie zu, nahm ihre zerschnittenen Handgelenke und schloss die Augen. Ein goldener Schein umschloss die Stellen, an denen sie sich berührten. Mein Puls beruhigte sich langsam, als würde das Licht auch auf mich eine Wirkung haben.

Als Yuki Jamie wieder losließ, erinnerten nur noch kleine Narben an ihren Blutverlust. Der Gott legte seine Hände nun an ihr Gesicht und wiederholte den Prozess, bis auch dort nur noch feine Wölbungen ihrer Haut zu erkennen waren.

Stockend atmete ich aus. „Wofür war das Tuch gewesen?"

„Für dich. Damit du dich beruhigst und ihr selbst helfen kannst."

Ich schluckte erneut. Hatte ich so geschrien? In dem Rausch der Verzweiflung war mir gar nicht bewusst gewesen, wie sehr ich mich aufgeregt hatte. Ich lehnte mich zurück und versuchte meine Muskeln zu entspannen. Meine Hand legte ich auf Jamies. Auch, wenn sie sie wahrscheinlich wegschlagen wird, wenn sie aufwachen würde. Doch das stetige Pochen, das ihren Körper am Leben hielt, beruhigte mich.

Das Adrenalin baute sich allmählich ab. Mein Atem passte sich Jamies an. Ich wollte wach bleiben, bereit sein, sie vor jedem zu beschützen, der ihr so etwas antat. Trotzdem reichte meine pure Willenskraft bald nicht mehr aus, um meinen Körper schlaflos zu halten. Der Himmel hinter dem kleinen Fenster hatte sich schon in ein tiefes blau verfärbt, als hätte man ein Fass Tinte über ihm ergossen.

Meine Lider wurden schwer und dann verwandelten sich meine Gedanken in Träume, in denen ich Jamies Entführer so lang jagte, bis sie sie nie wieder auch nur ansehen konnten.

Jamie

Seine Zähne sind riesig. Blut leckt an ihnen nach unten und trifft mit einem hellen Ton auf den Boden. Der Boden. Er steht vollkommen unter Wasser! Nein, kein Wasser... Blut. Tief schwarzes Blut.

Der Geruch von Eisen und verbranntem Fleisch kriecht zäh durch die Luft.

Seine Augen. Sie brennen! Rauch zieht durch das enge Gemäuer. Die Flammen verfangen sich in einem Windzug, den ich nicht spüre. Sie flackern, werfen mächtige Schatten an die kalten Wände, tanzen und erlöschen dann.

Es ist dunkel. Vollkommen dunkel. Und still. Kein rauschender Wind und auch keine Stimmen. Nur tropfendes Blut.

Dann ist es wieder hell. Feuer! Es brennt wieder! Doch nicht der langsam in sich zerfallende Dämon. Nein, das Blut, das immer weiter ansteigt, beginnt zu brennen.

Panik. Schwarze, kalte, nackte Panik.

Aus dem Blut löst sich ein Gesicht. Es war Finley. Leise schwimmt er auf mich zu. Er bewegt die Lippen, doch kein Ton verlässt sie. Als er sich ein Stück aus dem Wasser hebt, kann ich seinen Oberkörper erkennen. Riesige Schnitte

lassen seine Haut auseinander klaffen und Un-
mengen an Blut zu dem Restlichen fließen.

Ich schreie. Ich schreie, bis meine Kehle
brennt, doch ich höre mich nicht. Kein Laut
hallt durch die Mauern.

Finleys Mund bewegt sich wieder, formt
Worte, die ich endlich verstehen kann.

„Wach auf." Ein Flüstern, weit weg von mir.
„Wach auf!"

Ich schreckte auf. Finley war... weg. Er war
nicht mehr da. Auch das Blut sickerte nicht weiter durch meine Kleidung. Die Dunkelheit löste
sich in Lichter auf. Lichter, die sich in einem
wunderschönen Karamellton in den dunklen
Augen über mir spiegelten.

Ich wollte Luft holen, doch nur ein Röcheln
verließ meine Lippen. Erst nach dem dritten
Versuch erreichte endlich etwas Sauerstoff meine Lungen. Und erst jetzt hörte ich, was die perfekt geschwungenen Lippen über mir sagten.

„Jamie!" Mein Name. Er sagte meinen Namen. Ich blinzelte und meine Augen fühlten
sich staubig an. „Es ist alles gut. Ich bin da und
du bist wach. Es war nur ein Traum." Ich kannte diese tiefe, beruhigende Stimme. Akio. Akio!

Erschöpft lehnte ich mich an seine Brust.
Sein kräftiger Herzschlag gab meinem zittrigen

Herzen wieder einen Rhythmus. Später würde ich mich vielleicht dafür hassen, diesen Körperkontakt zugelassen zu haben, wo ich doch eigentlich noch sauer auf ihn war. Aber das interessierte mich jetzt nicht. Ich brauchte ihn.

Behutsam legte er seine Arme um mich und zog mich näher an sich. Sein Kinn legte er auf meinem Kopf ab. Leise begann er zu summen, was mich so sehr beruhigte, dass ich erneut in den Schlaf fand. Und jetzt träumte ich nicht von brennendem Blut. Ich träumte von dieser wunderschönen Melodie.

Kapitel 12

Akio

„Es ist mir scheißegal, dass morgen euer Ball ist. Jamie wurde fast getötet von irgendwelchen Dämonen, die es hier eigentlich gar nicht geben sollte!" Yuki hatte scheinbar recht gehabt. Ich regte mich auf. Aber ich hatte einen guten Grund dafür. „Das war sicher das Werk von Liwano und Seya. Sie haben garantiert auch Sashiko zu uns geschickt, um Dee – oder vielleicht auch Jamie – zu vergiften. Die Ichizoku haben doch für Liwano gearbeitet. Ihr könnt das doch nicht einfach so stehen lassen!"

„Ich würde vorschlagen, du beruhigst dich erstmal." Tanes Stimme war so dumpf, dass seine Worte sich anhörten, als würden sie von allen Seiten kommen.

Widerwillig setzte ich mich auf den Stuhl neben Yuki. Ean räusperte sich. „Wie bereits gesagt, können wir ihre Absichten nur mithilfe des dunklen Erben unterbrechen. Glaub mir, nichts liegt mir ferner, als Jamie schutzlos dastehen zu lassen, aber du musst auch verstehen, dass das gesamte Reich in Aufruhr gerät, sollte der Ball nicht stattfinden."

„Richtig", meldete sich Aluna zu Wort, „jedoch können wir schon alles vorbereiten, um zu der weisen Damen zu reisen."

„Und sie weiß wirklich, wo sich dieser dunkle Erbe aufhält?", fragte ich etwas skeptisch. Diese Götter hatten mir zwar mittlerweile schon mindestens dreimal erklärt, dass der Sohn des Regenten der Schatten unsere einzige Möglichkeit wäre, doch es wunderte mich, dass die Person, die seinen Aufenthaltsort kennt, gerade in irgendeiner Zwischendimension anzutreffen sei.

„Die weise Dame kennt den Aufenthaltsort von jedem. Gleich nach dem Ball werdet ihr zu ihr gehen dürfen." Tanes Angebot war klar und bestimmt und duldete keine Widerrede. Also lehnte ich mich zurück und stieß angespannt die Luft aus. Seit Jamie gestern Abend wiederge-

kommen war und so viel Blut wie bei fünf Blut-
spenden verloren hatte, fanden meine Gedanken
keine Ruhe. Wir mussten diese zwei verrückten
Götter, die meinten, erneut die Weltherrschaft
an sich reißen zu müssen, irgendwie stoppen.
Vor diesem Ball wird daraus jedoch nichts.

Immerhin ging es Jamie wieder soweit gut.
Ihre Narben waren heute Morgen schon kaum
noch zu sehen und das Erste, was sie gefragt
hatte, nachdem sie zum zweiten Mal aufge-
wacht war, war, wie man diesen Erben finden
konnte. Gerade war sie auf ihrem Zimmer und
duschte. Zwar waren ihre Wunden verschlossen, doch das Blut, das überall an ihrem Körper
klebte, verschwand nicht durch Yukis Magie.
Ich hatte sie gefragt, ob ich ihr helfen sollte,
allerdings wollte sie lieber allein sein. Und das
konnte ich verstehen. Verdammt, irgendwas
musste mir einfallen, damit sie mir verzeihen
würde.

„Du könntest ihr die Kuppel zeigen", schlug
Yuki leise neben mir vor. Die anderen Götter
widmeten sich schon wieder wichtigeren The-
men. „Es ist der höchste Punkt des Palastes, der
so gebaut wurde, dass kaum ein Licht von
Eryndal zu sehen ist. Und kurz vor dem Dreimond ist der Himmel immer besonders spekta-
kulär."

Ich hatte über Yukis Vorschlag nachgedacht, und so kam es, dass ich am Abend vor der hübschen Holztür von Jamies Zimmer stand. Ich musterte die verschlungenen Ranken. Als Jamie jedoch die Tür öffnete, war jeder Gedanke an die Holzarbeit verschwunden.

Ihre Haare waren etwas lockiger als sonst. Als sie mir in die Augen sah, lächelte sie und mein Herz setzte einen Schlag aus. Mein Blick glitt an ihr herunter. Sie trug ein leichtes dunkelgrünes Kleid, das sich perfekt an ihren Körper anschmiegte. Es hatte keine Ärmel und kleine Glitzersteinchen an der Taille.

Sie sah perfekt darin aus. Mein schwarzes Outfit mit der Jeans und dem dunklen Hemd konnte da nicht mithalten.

Ich hatte ihr heute Mittag einen weiteren Brief geschrieben, in dem stand, dass wir, wenn sie möchte, den Abend zusammen verbringen könnten. Bis eben hatte ich keine Antwort gehabt, doch ihre strahlenden Augen gaben mir nun die Bestätigung.

Sie quiekte vergnügt, als ich ihr meinen Arm anbot und sie ihren auf ihn legte.

Gemeinsam gingen wir mehrere Treppen nach oben und einige Gänge, die von gerahmten

Bildern und edlen Teppichen geziert wurden, entlang. Wer hätte gedacht, dass dieser Palast so viele Stockwerke hatte?

Trotzdem hatte sich der Weg länger angefühlt, als ich ihn zuvor mit Yuki abgegangen war. Nur zur Sicherheit, dass ich mich nicht verlaufen würde.

Nach ein paar Minuten erreichten wir die schmale Treppe, an dessen Ende eine niedrige Tür eingelassen war.

Ich öffnete sie, ging hindurch und hielt sie für Jamie auf. Sie sah nach oben und schien aus dem Staunen nicht mehr rauszukommen.

„Wow", hauchte sie mit leicht geöffneten Lippen und drehte sich um die eigene Achse. Damit sprach sie aus, was ich dachte.

Das halbrunde Dach bestand vollkommen aus Glas, sodass man jeden einzelnen Lichtpunkt, der am Himmel glitzerte, sehen konnte. Drei Monde, die so hintereinander standen, dass sie miteinander verbunden wirkten, standen zwischen den Sternen. Der Dreimond glänzte an den Rändern, als würde er von Hinten beleuchtet werden. Und trotz der Monde, die die Sterne etwas in den Schatten stellten, konnte man erkennen, wie diese sich bewegten. Nur ganz leicht, so als würden sie sich freuen, bewundert zu werden.

Ich ging um Jamie herum und versuchte, ihren Blick auf mich zu richten. Da der Raum vollkommen unbeleuchtet war, konnte ich nicht viel von ihrem Gesicht erkennen. Nur die Sprenkel der Sterne spiegelten sich in ihren wachsamen Augen.

„Jamielle. Es tut mir unsagbar leid, dass ich dich in Gefahr gebracht habe. Ich hätte es dir sagen sollen. Ich wollte nur nicht, dass du dir den Kopf darüber zerbrichst. Ich wollte, dass du glücklich bist."

Sie sagte nichts. Und als sie auch nach weiteren Atemzügen sprachlos vor mir stand, bekam ich Angst, etwas falsches gesagt zu haben, bis ich plötzlich ihre zarten Hände an meinen Handgelenken spürte. Sie zog mich ein Stück zu sich nach unten und dann spürte ich ihre Lippen auf meinen. Vollkommen überrascht legte ich eine Hand in ihren Nacken.

„Verzeihst du mir?"

Von ihr hörte ich nur ein Kichern, das mein Herz schneller schlagen ließ. „War das nicht Antwort genug?"

„Nein. Sprich es aus." Meine Stimme klang tief und bei jedem Wort berührten meine Lippen kurz ihre.

„Versprich mir, dass du mir nie wieder etwas verheimlichst."

Ich musste schmunzeln und bewegte meinen Mund an ihr Ohr. „Versprochen."

„Dann verzeihe ich dir" sagte sie leise, krallte die Hände in mein Hemd und zog mich noch näher an sich. „Ich habe dich übrigens auch vermisst."

Wenn sie wüsste, was ihre kleinen zarten Worte mit mir anstellten. Ich ließ meine Hände an ihr hinaufgleiten und legte sie an ihre Wangen. Unsere Lippen fanden sich wieder. Langsam fuhr ich mit der Zunge über ihren Mund, was ihren Körper zum Zittern brachte. Und dann bewies ich ihr, wie sehr ich sie liebte.

Jamie

Der gestrige Abend war ein absoluter Traum gewesen. Nicht nur die atemberaubende Aussicht auf den makellosen Sternenhimmel mit dem faszinierenden Dreimond, sondern auch Akios Worte. Sie hatten sich wie eine kühle Decke über das chaotische Feuer, das in mir gebrannt hatte, gelegt.

Heute war der Ball der Götter, es war später Nachmittag und Akio hatte mir versprochen, mich abzuholen. Ich hatte immer gedacht, der Abschlussball würde unser Erster werden, doch scheinbar hatte das Schicksal andere Pläne.

Gerade stand ich vor meinem riesigen Kleiderschrank und ging die pompösen Kleider durch. Manche quollen mir durch den vielen Tüll entgegen, andere waren schmaler geschnitten und eleganter.

Schließlich entschied ich mich für ein dunkelblaues Samtkleid, das bis auf den Boden ging. Es war mit silbernen Ranken verziert. Bis zur Taille legte es sich wie eine zweite Haut an meinen Körper und fiel dann in mehreren Lagen nach unten. Durch den V-Ausschnitt kam Grandpas Kette besonders gut zur Geltung. Ich sah mich im Spiegel des Badezimmers an. Die oberste Schicht meiner Haare hatte ich zu einem kleinen Zopf zusammengefasst. Nur einzelne Strähnen hingen an meinen Schläfen herab. Ich fühlte mich wie eine Prinzessin.

Glücklich verließ ich das Bad, und im nächsten Moment klopfte es schon an der Tür. Eilig zog ich mir ein paar elegante Schuhe an, die mit den vielen Glitzersteinchen perfekt zu meinem Kleid passten. Dann öffnete ich die Tür.

Vor mir stand Akio, in einer dunkelblauen Stoffhose, einem dazu passenden Sakko und einem hellgrauen Hemd, das mit weißen Ornamenten verziert war. Die oberen Knöpfe des Hemdes hatte er offen gelassen. Seine Haare hatte er locker frisiert, weil er wusste, dass es mir so am besten gefiel. Er sah aus wie ein Traumprinz, der sich ausgerechnet mich ausgesucht hatte.

„Wow" hauchte er, als er mich eingehend gemustert hatte. „Du siehst wunderschön aus, Jamie."

Ich konnte nicht anders, als einfach nur zu lächeln. „Vielen Dank."

„Wollen wir?", fragte er dann und reichte mir seine Hand.

„Sehr gern." Damit trat ich über die Schwelle und ging neben Akio die Gänge entlang. Wir mussten in die andere Hälfte des Palastes, also dauerte es ein wenig, bis wir eine geschwungene Treppe nach unten gingen. In dem riesigen Saal war alles wunderschön dekoriert. Von den Rängen hingen Banner herab, auf denen mystisch wirkende Zeichen und Ornamente abgebildet waren. Diverse Pflanzen rankten sich an Girlanden entlang und leuchteten still um die Wette. Kleine glitzernde Funken sanken wie Schnee auf das Parkett. Das Orchester spielte eine wunderschöne Melodie, die etwas an *Angels we have heard on high* erinnerte. Unzählige Bewohner von Eryndal bewegten sich auf der riesigen Tanzfläche, andere standen am Rand und bedienten sich an den Köstlichkeiten, die dort aufgebaut waren. Die Wand uns gegen-über bestand aus Glas und ließ das Licht des Dreimonds auf die Gäste fallen.

Ich sah zu Akio. „Dieser Ort ist magisch", hauchte ich und war in diesem Moment so glücklich, mit ihm hier zu sein. „Dee würde es lieben. Sie würde die ganze Nacht tanzen und tausendmal von dieser wunderschönen Dekoration schwärmen." Ich stoppte mich, als ich in Akios Augen sah. Dee war mit Finley in ihrem Zimmer geblieben. Sie war zwar wieder fit, aber einen Ball traute sie sich noch nicht zu.

„Jamielle Amaya Craig", erklang Akios Stimme, die melodisch zu der Musik mit-schwang. „Du musst dir keine Sorgen mehr um sie machen." Er suchte meinen Blick. Leicht hob er mein Kinn an. „Sie wird außer sich sein wenn ich ihr erzähle, dass du bei diesem Ereig-nis keinen Spaß hattest."

Ich musste lachen. Mit dem Daumen strich er über meinen Kiefer. Dee würde wirklich aus-rasten. „Wehe, du erzählst ihr das."

Akio lächelte nur zur Antwort und seine Grübchen erinnerten mich daran, wie unsagbar glücklich er mich machte.

Ich atmete einmal tief durch. Dann drehte ich mich wieder zum Saal und schritt neben ihm die Stufen nach unten. Alle, die am Rand standen, starrten uns an, und auch einige der Tanzenden erhaschten kurze Blicke auf uns. Ich fühlte mich zum einen besonders, zum anderen füllte sich meine Brust mit Beklemmung.

„Sie sind alle von dir verzaubert, Löckchen", flüsterte Akio. Seine Worte sickerten durch meine Haut und statt des unangenehmen Ziehens, spürte ich jetzt Wärme, die sich in meinem ganzen Körper verteilte.

Als wir die Dielen betraten, die in verworrenen Mustern angeordnet waren, kam Yuki auf uns zu.

„Ihr seht ja bezaubernd aus", schwärmte er und nippte kurz an seinem Getränk.

„Wir passen uns nur an", sagte ich und musterte Yuki. Er trug einen petrolfarbenen Anzug, der ihm perfekt passte. Hätte ich nicht Akio an meiner Seite, hätte ich wahrscheinlich alles für einen Tanz mit ihm getan.

Yuki grinste. „Vielen Dank, Jamie." Kurz sah er sich um. „Ist Finley bei Dee?"

„So ist es." Ich straffte sie Schultern.

„Schade. Aber ich bin froh, dass jemand bei ihr ist", sagte Yuki, sah jedoch an uns vorbei. „Entschuldigt ihr mich? Wir werden uns sicher noch einmal über den Weg laufen."

„Natürlich." Akio senkte kurz den Kopf. Yuki ging an uns vorbei. Seine Sorge um Dee war wirklich rührend, aber ich wollte unbedingt herausfinden, woher sie sich kannten.

In diesem Moment verstummte das Orchester und die letzten Töne des Liedes hallten über uns hinweg.

Tane stellte sich mit den anderen drei Göttern in die Mitte des Saals. „Meine lieben Gäste, wir danken euch allen, dass ihr einen weiteren Dreimond mit uns feiert. Wir ehren hiermit nicht nur ihn, sondern auch den Stein, den er vor Jahrtausenden gesegnet hatte und uns somit dieses Leben ermöglicht hat. Auf diese Macht und weitere friedliche Jahre, bis er das nächste Mal in einer Linie am Himmel steht." Damit hob er sein Glas, dessen Inhalt im Licht glitzerte. „Und nun habt Spaß und feiert." Er sah mit einem strahlendem Lächeln, das nicht ganz zu meinem bisherigen Eindruck von ihm passen wollte, in die Runde. Dann verließen die Götter die Tanzfläche. Wir applaudierten, bis sich das Orchester für ein weiteres Lied bereit machte.

„Kannst du tanzen?", fragte ich Akio dann.

„Meine Mutter hatte mir die wichtigsten Tänze beigebracht", erklärte er und nahm meine Hand. „Darf ich um diesen Tanz bitten?"

„Weil du es bist." Etwas aufgeregt ließ ich mich von Akio auf die Tanzfläche führen. „Aber was ist, wenn die hier vollkommen anders tanzen?", fragte ich dann und sah zu den anderen Paaren.

„Dann tanzen wir halt anders", sagte Akio ruhig. „Bist du etwa nervös, Löckchen?"

Ich schluckte und sah ihm in die Augen. Das dunkle Braun beruhigte mich. Was sollte schon schiefgehen?

Kapitel 13

Die ersten Töne erklangen. Ganz langsam legte Akio seine rechte Hand an meine Taille. Seine andere Hand legte er in meine. Ich legte meine Hand auf seine Schulter. Als die Violinisten einsetzten, stockte ich kurz. Manche Töne waren anders, doch im Grunde setzten die Musiker gerade zu meinem jahrelangen Lieblingslied an. Ich hatte *You and Me* von *Lifehouse* stundenlang in Dauerschleife gehört. Und es war sicher kein Zufall, dass es nun gespielt wurde.

„Das Lied kommt mir bekannt vor", sagte Akio und zwinkerte mir zu.

„Hast *du* diese Leute etwa dazu angestiftet das zu spielen?"

„Vielleicht." Er zuckte mit den Schultern.

Wir begannen, uns im Takt zu wiegen, bis Akio schließlich einen Schritt auf mich zumachte und somit den Walzer begann. Ich legte mich in die Bewegung und genoss es, die Kontrolle an ihn abzugeben. Er führte deutlich, zwang mich aber zu keinem Schritt. Seine Augen fesselten mich, ebenso wie sein leises Flüstern.

„Sie tanzen tatsächlich anders als wir", stellte er ruhig fest. Ich riss mich von seinem Blick los und sah kurz zu den anderen Tanzpaaren. Verwirrt wichen diese zur Seite, als wären wir gefährliche Irre.

„Was machen wir jetzt?", flüsterte ich überfordert.

„Weiter tanzen."

Wie konnte er so ruhig bleiben? „Könnten wir nicht Ärger kriegen?"

„Nur weil die keinen Walzer kennen?" Mit großen Augen sah er auf mich herab.

„Du bist verrückt", sagte ich und hatte Mühe damit, mir ein Lachen zu verkneifen.

Er schenkte mir ein schiefes Grinsen. Dann blieb er plötzlich stehen, legte beide Hände an meine Taille, hob mich hoch und drehte sich einmal um hundertachtzig Grad.

„Mit dir bin ich gern verrückt", hauchte er, als er mich wieder auf die Füße gestellt hatte. Daraufhin tanzten wir weiter. Jeder Schritt fühlte sich an wie auf einer Wolke und nach ein paar Takten vergaß ich die tuschelnden Leute um uns herum. Es gab nur noch die ergreifenden Töne der Musik und uns. Und obwohl wir uns die ganze Zeit über in einer halben Drehung bewegten, wurde mir nicht schwindelig.

Erst als die letzten Klänge uns zum stehen brachten, kehrte die Wirklichkeit zurück. Doch es war mir egal, wie schockiert die Gäste sein würden. Wie wütend die anderen Paare uns ansehen würden oder wie albern die Götter unseren Tanz fanden. Denn ich liebte ihn.

Den Tanz natürlich.

Bedächtig ließ Akio seine Arme sinken und trat einen Schritt zurück.

„Vielen Dank für diesen Tanz", sagte er und deutete eine Verbeugung an. Ich kicherte und machte einen Knicks.

Langsam sah ich zu den Anderen, die in einem riesigen Kreis um uns herum standen, und scheinbar nicht wussten, was sie von uns halten sollten.

Bis plötzlich ein Pfeifen erklang und Yuki sich mit ein paar Schritten von ihnen löste.

Grinsend begann er zu klatschen. Stück für Stück schlossen sich die Anderen ihm an.

Für einen Moment genoss ich die Aufmerksamkeit und die mehr oder weniger aufrichtige Bewunderung, dann wandte ich mich Akio zu.

„Jetzt reicht es mit verrückt sein."

Akio schmunzelte, nahm aber schließlich wieder meine Hand und verließ mit mir die Tanzfläche. Er wusste, dass ich es eigentlich hasste, im Mittelpunkt zu stehen.

Wir gingen zu einem der vielen Stehtische, auf denen gefüllte Sektgläser bereitstanden. Eine goldene Flüssigkeit perlte darin.

„Du bist eine gute Tänzerin", meinte Akio, als wir uns beide ein Glas genommen hatten.

„Wer hat uns denn durch den ganzen Raum geführt?", fragte ich.

Bei Akios Verlegenheit musste ich grinsen. Es war eine Genugtuung ihn mal sprachlos zu sehen.

„Dann auf uns beide", verkündete er schließlich und ließ sein Glas gegen meines klirren.

„Auf uns", wiederholte ich seine Worte und nahm einen Schluck. Die Flüssigkeit prickelte aufregend auf der Zunge und schmeckte leicht, als hätte ich nur ein paar Tropfen getrunken.

„Euer Tanz war ja ergreifend", schwärmte eine warme Stimme hinter uns. Ean trug einen dunklen Anzug mit einer orangenen Blume. „Du hast dich bewegt, wie eine Elfe, Jamielle, wie deine Eltern es dir beigebracht hatten."

Ich verschluckte mich bei seinen Worten. „Du kanntest meine Eltern?"

„Sehr gut sogar. Vor allem deinen Vater."

Mir blieb die Sprache weg. Woher kannte der Gott des Schutzes bitte meine Eltern? In dem Moment trat Tane zu uns.

„Ean", begann er und nahm sich ebenfalls ein Glas, „Hast du kurz Zeit?"

Ean sah von ihm zu uns. „Wir finden bestimmt bald nochmal eine Gelegenheit." Er lächelte und zwinkerte mir zu, bevor er sich zu Tane umdrehte.

„Ja", hauchte ich etwas enttäuscht, nicht weiter mit ihm reden zu können. „Können wir kurz raus? Ich glaube ich brauche etwas frische Luft."

Akio nickte. „Natürlich." Er folgte mir und legte seinen Arm um meine Schultern.

Draußen erwartete uns die kühle Luft der Nacht, die uns förmlich umarmte. Schnell legte ich die Hände an meine Arme und versuchte mein Zittern zu unterdrücken.

„Ich dachte, du weißt mittlerweile, dass ich dir so oder so meine Jacke gebe", sagte Akio und legte mir sein Sakko über die Schultern.

„Da hab ich ja einen echten Gentleman."

„Was dachtest du denn?" Sein Grinsen erreichte seine Augen und in dem spärlichen Licht, das durch einzelne Laternen gespendet wurde, erkannte ich seine Grübchen.

Ich ließ mich von seinem Grinsen anstecken, stellte mich auf die Zehenspitzen – was wegen der hohen Schuhe kaum etwas brachte – und gab ihm einen flüchtigen Kuss. Ein tiefes Brummen kroch mir entgegen, als ich mich wieder normal hinstellte.

„Du weißt gar nicht, was du mit mir anstellst, Löckchen."

Ich kicherte nur und zog ihn dann weiter durch den Garten. Es war wie ein Labyrinth aus kniehohen Hecken. Immer wieder schlenderten wir an zurechtgeschnittenen Figuren in Form von Pferden oder Drachen vorbei.

Über uns glänzten unzählige Sterne wie verlorengegangene Glitzer-Perlen. Der Wind erfasste mein Haar und ich war glücklich über Akios Sakko, das mich zumindest von der Kälte des Windes abschirmte.

„Wir sollten öfter zusammen tanzen", meinte Akio dann und ich spürte seinen Blick auf mir.

„Oh ja, zu Hause schieben wir einfach das Sofa mit in die Küche, dann haben wir unseren eigenen Ballsaal."

Seine Brust bebte, als er lachte. Er nahm meine Hand und schob seine Finger zwischen meine. „So machen wir es."

Eine Weile war das Knirschen der winzigen Steinchen unter unseren Sohlen das einzige Geräusch. Dann räusperte ich mich. „Warum kennt Ean wohl meine Eltern?"

„Hm... vielleicht hat er immer mal wieder die Erde besucht und sich einfach zu den Menschen gesellt, die ihm am sympathischsten schienen?"

Ich schnaubte vergnügt bei seinen schmeichelnden Worten. Mein Freund war wirklich ein Gentleman.

Im nächsten Moment mischten sich weitere Schritte mit unseren. Zuerst beachteten wir sie gar nicht, bis sie immer schneller und... näher klangen.

„Wirklich ein Traumpaar", quiekte eine hohe Frauenstimme. Blitzartig drehten wir uns um. Und da standen sie. Meine Entführer. Ich hörte auf zu atmen. Ich hatte mich bisher kaum daran erinnern können, doch jetzt fiel es mir wieder ein. Die rothaarige Frau und der weißhaarige Mann standen etwa fünf Meter vor uns. Beide mit einem Lächeln auf den Lippen, das genauso gut ein Zähnefletschen sein könnte.

„Sie haben mich entführt", flüsterte ich Akio zu. Sofort baute er sich neben mir auf.

„Was wollen Sie?", fragte er mit seiner dunkelsten Stimme. Bisher hatte ich diese Stimme nur in Japan von ihm gehört, als wir Senshi gegenübergestanden haben.

„Wenn du schon so lieb fragst, könntest du deinem Freund Jotaro das Mädchen an deiner Seite geben." Der Mann grinste so breit, als ob er sich seit Monaten auf diesen Moment gefreut hatte. In mir zog sich alles zusammen.

„Jota..." Akio stockte. „Wir sollten weg hier, Jamie", sagte er dann leiser.

„Warum denn weg von hier?", fragte nun die Frau und kam noch ein paar Schritte auf uns zu. Mit jedem zurückgelegten Zentimeter veränderte sie sich. Ihre Gesichtszüge wurden schärfer, ihre Haare dunkler und die Hörner lösten sich auf. Auch der Mann kam auf uns zu und auch er verwandelte sich. Diesen Prozess hatte ich schon einmal miterlebt. Am Fuji, dem Berg, an dem die Grenze zwischen der Erde und dem Li-

Reich am dünnsten war. Ich konnte es kaum glauben. Warum waren wir so dumm gewesen?

„Dumm ist ein hartes Wort, Jamielle", sagte Seya, die nur noch wenige Meter vor uns stand. Liwano stellte sich neben ihr auf. „Aber jetzt wirst du bezahlen."

Akio und ich wichen immer weiter zurück, bis die kniehohen Hecken uns aufhielten. Hinter uns lag der Palast. Entweder wir liefen die Wege entlang oder...

„Spring!", riefen Akio und ich gleichzeitig und zogen uns gegenseitig über die Hecke. Schnell ließ ich seine Hand wieder los, um einfacher über die nächsten Heckenwände zu springen. Der Rasen unter uns wurde zuvor wahrscheinlich noch nie betreten, zumindest gaben die Halme bei jedem Schritt einige Zentimeter nach. Seit Japan hatte meine Kondition zum Glück zugenommen, trotzdem verließ mein Atem viel zu schnell meine Lungen. Ich wollte zurück schauen, sehen, ob Seya und Liwano uns verfolgten, doch ich war mir sicher, dass es ein Fehler gewesen wäre. Ich sah den Boden unter meinen Füßen hinweggleiten, in dem dunklen Licht, das der Dreimond von sich gab. Nur in den Augenwinkeln sah ich Akio, der genauso angestrengt darauf achtete, nicht über die Hecken zu stolpern. Es war wie vor einem halben Jahr, als der riesige Drache uns in dem Park verfolgt hatte.

Endlich kamen wir an die große Glasfront und rannten direkt durch die offene Glastür. Hektisch suchte ich einen der Götter zwischen den ganzen Leuten.

„Yuki!", rief ich und sah mich weiter um.

„Jamie?", erklang seine Stimme von links. Gerade löste er sich von einer Gruppe von Adligen. Auch Tane war unter ihnen.

„Sie sind hier!", rief ich so laut, dass jedes Gespräch verstummte. „Seya und Liwano sind hier! *Sie* hatten mich entführt!"

Alle sahen mich an, wie ich die Hände auf meine Knie stützte und versuchte, den Brand meiner Lungen unter Kontrolle zu bekommen.

„Wir müssen Jamie sofort in Sicherheit bringen", sagte Akio laut in Richtung der Götter.

Aluna tauchte hinter ihm auf. „Reist zur weisen Dame. Der dunkle Erbe ist unsere einzige Chance."

Ich nickte nur, unfähig, irgendetwas darauf zu erwidern.

„Und wie kommen wir dahin und wieder hier her?", fragte Akio, der immer wieder nervös über seine Schulter sah.

„In dem Raum dort ist Silia. Sie wird euch in die Zwischendimension bringen." Aluna zeigte auf eine Tür. „Wir werden euch zurückholen, wenn es sicher ist."

„Was ist mit Dee und Finley?" Meine Stimme brach bei den Namen meiner Freunde.

„Wir passen auf sie auf", versicherte Ean, der plötzlich neben Yuki stand.

Ok, atme durch, vertraue ihnen, befahl mir meine innere Stimme. Damit marschierte ich auf eine Tür am Rande des Ballsaales zu. Akio folgte mir.

Als sich die Tür zwischen uns und der versammelten göttlichen Gesellschaft schloss, atmete ich endlich durch. Dieser Raum war eine Art Besprechungsraum mit mehreren edlen Sitzmöbeln, Teppichboden und goldenen Dekoelementen.

Silia, die elegante Timberwölfin kam auf uns zugetrabt. „Ihr wollt zur weisen Dame?", fragte ihre ruhige Stimme. Ich würde mich wohl an diese sprechenden Tiere gewöhnen müssen. Stumm nickte ich und griff gerade nach Akios Hand, da wurde die Tür aufgerissen und Liwano stand vor uns. Panik ergriff mich, ließ mich erschrocken nach hinten hechten. Schnell versuchte ich, meine Gedanken unter Kontrolle zu kriegen, da stürmte der Gott auf uns zu.

„Hab ich dich", zischte Liwanos Stimme. Er stand direkt vor uns, war im Begriff, einen Ball seiner Macht auf uns loszulassen.

„Du schaffst das, Jamie", flüsterte Akio und ließ meine Hand los. Noch im selben Atemzug traf seine Faust Liwano am Kinn. Der Gott taumelte kurz zurück, fing sich jedoch schnell, sprang auf mich zu und...

Eine fremde Energie flutete meine Adern. Ich spürte, wie meine Zellen auseinander gerissen wurden, doch es schmerzte nicht. Und dann stand Akio allein unserem Feind gegenüber.

Akio

Liwanos Macht war wie ein Hieb in den Magen. Ich taumelte zurück, wurde aber zum Glück von Alunas Wölfin abgefangen. Diese knurrte und schlich sich, nachdem ich wieder sicher stand, zähnefletschend auf Liwano zu. Mein Schlag hatte ihn nur kurz aus dem Konzept gebracht, sodass Jamie Zeit hatte, zu verschwinden. Hoffentlich hatte alles gut geklappt. Hoffentlich ging es ihr gut.

„Du machst dir zu viele Gedanken um dieses eine Mädchen", zischte Liwanos Stimme plötzlich. Wieder ballte er seine Energie, doch dieses Mal konnte ich ihr rechtzeitig ausweichen. Silia setzte zum Sprung an und biss sich in seinem Arm fest. „Lauf!", befahl sie, als sie den Gott kurz losließ. Erst zögerte ich, tat aber schließlich, was sie verlangte.

Stolpernd schoss ich aus der Tür, in den großen Ballsaal, in dem Jamie und ich noch vor wenigen Minuten getanzt hatten. Die meisten Gäste waren verschwunden, die Götter standen um eine geduckte Person herum. Schnell lief ich auf sie zu.

Je näher ich kam, desto mehr konnte ich sie erkennen. Die Götter standen um Seya herum. Sie hatten sie besiegen können.

In diesem Moment rollte ein lauter Knall durch den Saal. Blitzschnell drehte ich mich wieder um und sah, wie Liwano aus dem Raum stürmte. Silia jagte ihm hinterher. Der Blick des Gottes fiel auf Seya. Wut flackerte in seinem Gesicht auf.

„Was habt ihr getan?!", rief er wutentbrannt und stoppte einige Meter vor uns. Die anderen ließen von Seya ab. Sie schien in einer Art Trance festzustecken, jedenfalls schwebte sie scheinbar bewusstlos einige Zentimeter über dem Boden.

Ich lief etwas weiter nach rechts, um mich schräg hinter den Göttern zu befinden. Tane sammelte seine Macht in einer riesigen, goldenen Kugel aus Licht. Liwano tat es ihm gleich.

Ich hielt den Atem an. In diesem Moment ließen die Götter ihre Macht los, ließen sie aufeinander prallen, wie ich es schon bei Jamie und Liwano vor dem Berg in Japan gesehen hatte. Ein greller Lichtblitz schoss durch den Saal. Schützend drehte ich mich um.

Die Lichtattacken gingen immer weiter, zischende und knallende Geräusche jagten einander, bis plötzlich ein weiterer Lichtstrahl auf Liwano abgefeuert wurde. Yuki kämpfte nun an Tanes Seite. Liwano ging auf die Knie, hielt den Mächten der anderen jedoch weiterhin Stand.

Überfordert sah ich zu Aluna und Ean, die angriffsbereit hinter ihren Freunden standen. Ich hatte das Gefühl, helfen zu müssen, doch Liwanos angestrengtem Brüllen zu urteilen, würde es nicht lang dauern, bis die Götter ihn überwältigt hatten.

Ich könnte also zu Silia gehen und sie bitten, mich ebenfalls zur weisen Dame zu bringen. Die Wölfin hatte sich, vor dem Kampf zwischen den Göttern, abgerollt und stand jetzt geduckt etwas hinter dem rebellischen Gott. Langsam ging ich los, wurde jedoch abrupt von schnellen, trippelnden Schritten unterbrochen. Ich sah zurück.

Gwen stellte sich neben Aluna und Ean. Einige Strähnen hatten sich aus ihrem Zopf gelöst. Aufgeregt sah sie zu den kämpfenden Gottheiten.

„Wir müssen sie aufhalten!" Ihre Stimme war ein leiser Gedanke, der trotzdem so stark zu sein schien. „Sie werden sich noch umbringen!"

„Noch mehr Macht würde Liwano endgültig…", setzte Aluna an und hielt sich hilflos eine Hand vor den Mund. Gwens Blick blieb kurz an mir hängen, wich dann aber schnell wieder zu dem massiven Energiestrahl. In ihren Augen lag Sorge, Angst und… Entschlossenheit?

Die Zwergin rannte los, an Tane und Yuki vorbei. Mein Blick folgte ihrem Vorhaben, doch mein Verstand realisierte es zu spät. Sie würde sich opfern. Sie tat das, was sich keiner von uns getraut hatte.

Die Konzentration der kämpfenden Götter lag voll und ganz auf ihrer Macht, die mit einem Blitz zusammenfuhr, als Gwens Körper ihre Energie durchschnitt.

Liwano sank erschöpft auf den Boden. Die goldenen Kräfte von Tane und Yuki zogen sich langsam zurück, wodurch die kleine Gestalt von Gwen sichtbar wurde.

Nein.

Sofort sprintete ich zu ihr.

Kurz nach mir kniete Yuki neben der Vertrauten der Götter.

Sie öffnete den Mund. „Ich wollte helfen", sagte sie mit stockenden Worten. „Ihr hättet bis zum Tod gekämpft..."

„Aber doch nicht bis zu deinem Tod." Yukis Stimme brach.

„Aber bis zu eurem." Sie stoppte, starrte dabei geradewegs an die Decke.

„Nein", hauchte Yuki und legte schnell seine Hände an ihren zierlichen Körper. Doch ihre Gesichtszüge waren zusammengefallen. Sie atmete nicht mehr. „Gwen, du schaffst das." Goldenes Schimmern breitete sich aus, als er versuchte, sie mit seiner gebliebenen Kraft zu heilen. Doch Tote konnten nicht geheilt werden.

Ich legte mir die Hände übers Gesicht, sodass meine plötzlich aufkommende Trauer nicht für alle Götter sichtbar war. Ich hatte Gwen kaum gekannt. Aber ich hatte immer das Gefühl gehabt, dass sie uns gekannt hatte. Sie war für Dee da gewesen. Sie hatte uns geholfen.

Die anderen Götter versammelten sich um die Gefallene. Ein Schluchzen hallte durch den Saal und Aluna wischte sich sämtliche Tränen vom Gesicht.

Ich stand auf, sah die Götter nacheinander an. Ich wollte ihnen diese emotionale Seite von mir nicht zeigen. Sie sollten sie nicht sehen.

Ich drehte mich um, ging mit schnellen Schritten zu Silia. Erhaben saß sie ein Stück abseits, doch ich konnte ihre Trauer spüren.

„Bring mich zu Jamie", sagte ich so bestimmt, dass es in dieser Situation viel zu harsch klang. Die Wölfin senkte ihren Blick auf mich.

„Das kann ich nicht."

Mein Herz setzte einen Schlag aus. „Warum nicht? Eben hättest du doch auch–"

„Eben wärt ihr gleichzeitig dort angekommen. In jeder Dimension herrschen andere Zeitverhältnisse. Sie könnte mittlerweile überall sein."

Darauf erwiderte ich nichts. Ich ging an ihr vorbei, raus in die kühle Nacht. Unerklärliche Wut brannte mir auf der Haut. Wut auf die Götter, da wegen ihnen diese vollkommen unschuldige Zwergendame sterben musste. Wut auf diese bekloppten Dimensionen, die mich gerade von Jamie trennten. Und Wut auf mich selbst, weil ich ihr eben nicht direkt gefolgt bin. Ich ballte meine Hände zu Fäusten, schrie die ganze Wut in die Nacht hinaus, bis meine Stimme nur noch ein Kratzen war.

Nur ein weit entferntes Rauschen und das Flüstern des Windes kam als Antwort.

$\mathcal{K}$apitel 14

Jamie

Ich schreckte auf. Kopfschmerzen zerrten an meinen Nerven. Ich legte Daumen und Zeigefinger auf meinen Nasenrücken. Was war passiert? Ich wartete darauf, dass meine Gedanken endlich einen festen Punkt fanden und sich nicht weiter im Kreis bewegten. Hatte ich das alles nur geträumt?

Langsam öffnete ich die Augen. Nein, das war kein Traum gewesen. Sonst würde ich jetzt nicht auf dieser menschenleeren, dunklen Straße stehen. Es war kalt. Bei jedem Atemzug bildeten sich kleine Wölkchen vor mir. Ich zog Akios Sakko enger um mich. Ein dichter Nebel sickerte vom Rand der Straße immer weiter auf mich zu. Ich drehte mich um. Ich war allein.

Panik ergriff mich. Mein Sichtfeld beschränkte sich auf etwa fünf Meter, dann versperrte mir der Nebel die Sicht auf alles, was hinter ihm liegen mochte. Rein theoretisch könnte ich gerade von einer Meute dieser schrecklichen Dämonen umgeben sein. Die Panik schlug Wurzeln, die sich bis in meine Seele gruben.

In dem Moment rasselte ein Windzug an mir vorbei und schob mich in eine Richtung. Die kleinen Wasserteilchen des Nebels wirbelten auf. Eingeschüchtert folgte ich dem Wind.

Mit jedem Schritt, der mich weiter brachte, begab sich mehr und mehr Nebel um mich, bis ich den Boden nicht mehr sehen konnte. Ob ich wirklich in dieser Zwischendimension war? Hier wirkte es so unheimlich unecht.

Meine regelmäßigen Schritte ließen die Stille beben, während ich der Straße folgte. Der Nebel verdichtete sich weiter. Die kleinen Wassertröpfchen prickelten auf meiner Haut und ließen wenig später ein schrilles Leuchten zu mir durchsickern. Als ich näher kam, erkannte ich, was es darstellte. Es war ein reich verziertes Leuchtschild, in der Form eines Auges, das jeden meiner Schritte verfolgte. Es bewegte sich. Das grelle Licht, das von ihm ausging, beleuchtete eine kleine, rote Tür. Ob hier die weise Dame lebte?

Du wirst es herausfinden müssen, flüsterte meine innere Stimme. *Du brauchst den dunklen Erben.*

Zögerlich klopfte ich an der Tür. Höchstens eine halbe Sekunde später öffnete eine kleine, dürre Frau. Strahlend grüne Augen schienen hinter ihren langen weißen Locken hervor. Sie trug ein leicht zerrissenes, hellgraues Kleid. Obwohl kein Wind mehr zu spüren war, wehte ihr Gewandt leicht nach hinten.

„Ich habe dich erwartet", begrüßte sie mich mit einem faltigen Grinsen. Ihre Stimme war hoch und gütig. Mit einer flüchtigen Handbewegung drehte sie sich um und ging in einen dunklen Raum. Angespannt sah ich mich noch einmal um, dann duckte ich mich und ging durch die Tür. Unmittelbar, nachdem ich eingetreten war, schloss sich die Tür von allein. Ein ungutes Gefühl schlich sich durch meinen Kopf, und ich bleib kurz stehen. War es die Sache wert, von einer Hexe, wie bei *Hänsel und Gretel,* ins Haus gelockt und dann gefressen zu werden? Bei den Göttern, ich las definitiv zu viele Bücher. Als ich weiter ins Haus trat, schwoll mir ein intensiver Geruch von exotischen Kräutern, Weihrauch und Gebäck entgegen. Die Luft wahr schlecht, wie in einem verlassenen Bunker, als hätte man seit Jahren nicht mehr die Fenster geöffnet. Obwohl ich mir nicht einmal sicher war, ob dieses Haus überhaupt Fenster hatte. Nur ein paar Kerzen erhellten den niedrigen Raum, sodass ich gerade genug sehen konnte, um nicht über eine der vielen Vasen und Kisten zu stolpern, die in hohen Bergen nur einen kleinen Weg von der Tür zu einem großen, runden Tisch freiließen. Die Frau setzte sich mir gegenüber. „Setz dich", murmelte sie und deutete auf einen Stuhl, der vor mir stand. Ohne etwas zu erwidern, setzte ich mich.

Erneut sah ich mich um. Vor mir auf dem Tisch stand eine Glaskugel. Sie erinnerte mich etwas an die, die ich in der Bibliothek der Götter gesehen hatte. Mit einer langsamen Bewegung schob die Frau sie zur Seite. „Sieh dich ruhig um, *Jamielle*."

Ich erschrak. Woher kannte sie meinen Namen? Instinktiv wandte ich meinen Blick von den antiken Gegenständen und richtete ihn zu ihr. Die Frau kicherte erneut. „Was willst du wissen? Ob die Liebe zu deinem Freund der Zukunft standhält? Was die Götter dir so alles verheimlichen? Oder warum Seya und Liwano es trotz der ganzen Gesetze geschafft haben, ihre Liebe durchzusetzen?" Ihr Blick ruhte in meinen Augen.

„Sie sind die weise Dame", sagte ich eher zu mir selbst, als zu ihr.

„Gut erkannt."

Ich überlegte nicht lang, was ich sie fragen wollte. „Geht es Akio gut? Und Dee und Finley, sind sie in Sicherheit?"

„Deine Sorge um deine Freunde ist rührend, doch es geht ihnen gut." Sie beobachtete meine Reaktion. „Deine Reise in diese Dimension hat lang gedauert. Mittlerweile konnten Seya und Liwano erneut eingesperrt werden. Aber glaub mir: Der Regent weiß bereits von ihren Plänen und lässt sich den Spaß mit dem schlagenden Herzen sicher nicht entgehen."

Woher wusste sie das alles? Bekam sie, obwohl sie in dieser Dimension lebte, trotzdem alles mit, was im Li-Reich geschah?

Zu viele Fragen bildeten meinen persönlichen Mount Everest, doch ich musste diesem standhalten und mich auf das Wesentliche konzentrieren.

„Ich möchte wissen, wo der dunkle Erbe ist", sagte ich so ruhig, wie möglich. Die Augen der Frau wurden größer, ihre Gesichtszüge verhärteten sich.

„Du möchtest ihn beschwören?" Unsicher nickte ich. „Du weißt, was das bedeutet?"

Um ehrlich zu sein, wusste ich das nicht. Es war logisch für mich gewesen: Seya und Liwano würden sich Hilfe bei dem Regenten der Schatten suchen, um das schlagende Herz wieder herzustellen. Außerdem würde es nicht mehr lang dauern, bis der Regent sein Ziel, die Erde zu übernehmen, erneut in die Tat umsetzen könnte. Der Einzige, der dagegen ankommen würde, war sein Sohn, der dunkle Erbe. „Was bedeutet es denn?"

„Auf dem Erben liegt ein Fluch. Er ist verbannt, bis er von jemandem heraufbeschworen wird."

„Warum hat ihn keiner beschworen?"

Die Miene der weisen Dame verdunkelte sich. „Niemand weiß, wie man ihn heraufbeschwören kann." Abschätzend betrachtete sie mich. „Außer mir."

Nervös nahm ich den Anhänger von Grandpas Kette in die Hand. Die ganze Sache wurde immer verworrener.

Der Blick der Frau folgte meiner Bewegung. „Woher hast du diesen Anhänger?", fragte sie mit brüchiger Stimme. Ich sah auf.

„Mein Grandpa hat sie mir geschenkt."

Geistesabwesend legte sie sich die Finger auf die Lippen und begann, fremde Worte zu flüstern.

„Warum, was ist mit meiner Kette?"

„In ihr steckt die Kraft einer Göttin. Ich dachte, er hatte sie behalten wollen, um bei dir sein zu können."

Ich verstand kein Wort. Redete sie etwa von Grandpa? Wusste sie vielleicht, wo er war?

Als ich sie dies fragte, ließ sie ihre Hand wieder sinken. „Du weißt selbst, wo er ist, Jamielle." Sie gab mir Zeit, um diese Information zu verarbeiten. „Also, ich will dir sagen, wie du den dunklen Erben finden und ihn somit befreien kannst. Doch dafür musst du auch etwas für mich tun."

Ich antwortete ohne zu zögern. „In Ordnung."

Die Frau kicherte und ihr Gesicht wurde noch faltiger. „Ich möchte den Stein des Dreimondes."

Die Luft, die ich atmete blieb mir im Hals stecken. Natürlich wollte sie gerade den Gegenstand, den die Götter besser behüten, als ihren eigenen Augapfel. Niemals würden sie mir diesen Stein geben. „Nur die Götter wissen, wo dieser Stein ist."

Die Frau schmunzelte. „Ich werde dich in den Palast bringen. Dort suchst du eine kleine Tür, die mit dem Dreimond geziert ist. Dort findest du den Stein."

Ich wollte erst fragen, woher sie das wusste, doch ich wusste selbst nicht einmal, ob ich es wissen *wollte*. Also fragte ich stattdessen: „Was haben Sie mit dem Stein vor? Hat er irgendeine bestimmte Macht?" Ich dachte an Leonidas. Dieser Stein hatte ihn unsterblich gemacht.

„Er trägt die Macht des Dreimondes", meinte die weise Dame trocken, „Er kann Wünsche erfüllen."

„Welchen Wunsch wollen Sie sich erfüllen?"

Wieder lachte die Frau als Antwort auf meine Worte.

„Ich werde Ihnen diesen Stein nicht geben, wenn Sie mir nicht sagen, was Sie damit vorhaben." Meine Stimme zitterte etwas.

„Ich brauche den Stein, um mir das Leben zurückzuholen, das mir gestohlen wurde."

Ich schluckte und drückte meinen Rücken stärker gegen die Stuhllehne. In mir sammelte sich eine gewisse Angst davor, die Entscheidung zu treffen, die mir bevorstand. Gab ich der weisen Dame den Stein des Dreimonds, von dem ich nicht wusste, wie wichtig er wirklich für die Götter war, und rettete uns somit vor dem Regenten der Schatten, oder suchte ich eine andere Möglichkeit? Diese andere Möglichkeit gab es vermutlich nicht, doch ich war mir sicher, dass die Götter mir nicht einfach den Stein, den sie so sehr verehrten, aushändigen würden. Ich würde ihn also stehlen müssen.

„Und wenn ich Ihnen den Stein nicht bringe?", fragte ich in der Hoffnung, es gäbe einen Plan B.

„Dann werde ich dir nicht sagen können, wie du den dunklen Erben finden kannst." Sie lehnte sich zurück. Ein Funkeln vertrieb die Mattheit aus ihren Augen. Sie schien sich an meinem innerlichen Konflikt zu amüsieren. „Es liegt an dir, wie du mit deinen Feinden fertig werden willst."

Unsicher sah ich in die Glaskugel links von mir. Fast hoffte ich, das Schicksal würde mir dort die Antwort geben. Ich dachte an die Götter, das Gleichgewicht der Mächte, das wiederhergestellt werden musste. Ich dachte an Dee und Finley. An Akio. Ich konnte sie nicht im Stich lassen.

„Ok, ich werde diesen Stein holen."

„Eine weise Entscheidung, Jamielle." Mein Blick landete wieder in ihren wachsamen Augen. „Du wirst den Stein des Dreimondes allerdings nicht einfach nehmen können. Du brauchst den Schlüssel zu dem Glas, in dem er verschlossen ist." Ihre Stimme verklang und die Frau schloss fast bedächtig die Augen. Sekunden vergingen, bis sie begann, eine leise Melodie zu summen. Die Luft stockte und schien wie flüßiger Zement einzutrocknen. Die dumpfe Melodie verwandelte sich in geflüsterte Worte, die wie ein Versprechen klangen, das bis zum Tod reichen sollte. Es erinnerte mich etwas an die Sprache der Elben aus *der Herr der Ringe*.

Der Raum verdunkelte sich, Schatten sammelten sich in jeder Ecke und breiteten sich bis zu uns aus. Die Frau hob ihre Hände. Ein silberner Schimmer kämpfte sich durch den matten Schleier der Dunkelheit und schien direkt aus ihren Handflächen zu kommen. Sie schloss die Hände fest zusammen, sodass sich in ihnen ein Hohlraum bildete. Dann versiegten ihre mystischen Worte und der Raum fand zu seiner normalen, vom Kerzenschein aufrechterhaltenen Beleuchtung zurück. Die Augen zu schmalen Schlitzen geöffnet, faltete sie ihre Hände auseinander. Ich musste ebenfalls die Augen etwas zusammenkneifen, um auf ihrer fahlen Haut einen kleinen, silbernen Schlüssel, der mit feinem Rankenmuster geziert war, zu erkennen.

Die weise Dame griff über den Tisch, hielt ihre Hand vor mir. Ich nahm ihr den Schlüssel ab.

„Folge den Sternen." Mit diesen Worten verdichteten sich die Schatten in den Ecken, stiegen an den Wänden hinauf, in meinen Geist, bis dieser nur noch mit vollkommener Schwärze gefüllt war.

Die Schatten wichen erst aus meinem Blickfeld, als ich erneut Boden unter meinen Füßen spürte. Ich stolperte einige Schritte zur Seite, bis ich an eine Wand stieß. Angestrengt damit, meine Sinne zu sortieren, stützte ich mich an ihr ab.

Es dauerte noch einige stockende Atemzüge, bis sich meine Augen an das gedimmte Licht gewöhnt hatten. Dann erkannte ich, dass ich tatsächlich wieder im Palast der Götter war. Der Boden mit nachtschwarzem Mamor, die Wände mit edlen Tapeten bedeckt. Es war scheinbar Nacht. Die Nacht, nachdem Seya und Liwano uns auf dem Ball angegriffen hatten.

Ich stieß mich von der Wand ab. Es konnte ja nicht so schwer sein, zwischen diesen ganzen Türen, durch die eine Herde Elefanten passen würde, eine kleine Tür mit drei Monden zu finden.

Leise schlich ich vor den im Schatten liegenden Gemälden entlang. Die fixierten Blicke der darauf abgebildeten Personen schienen jeden meiner Schritte zu verfolgen, als wüssten sie, was ich vorhatte. Es war still, so still, dass man gar nicht meinen könnte, dass so mächtige Personen wie die Li-Götter hinter diesen Wänden herrschten. Und obwohl kein Adliger, und auch keiner der Zwerge oder Bediensteten, meinen Weg kreuzte, pumpte mein Herz unentwegt Adrenalin durch meine Adern. Ich war mir unsicher, was passieren würde, würde man mich hier finden. Die Götter gingen schließlich davon aus, dass ich einen Weg gefunden hatten, den dunklen Erben auf unsere Seite zu holen. Nun ja, streng genommen hatte ich das ja auch. Nur hätten die Gottheiten wahrscheinlich nie damit gerechnet, dass der Verlust ihres kostbaren Mondsteines damit einherging.

Allerdings hatte ich keine andere Wahl. Wir brauchten den dunklen Erben. Ohne ihn könnten wir den Regenten der Schatten nicht stoppen. Ohne ihn würden Seya und Liwano – ob sie nun eingesperrt waren oder nicht – das schlagende Herz wiederherstellen. Und das ganze Chaos würde von vorn beginnen.

Nach einigen Minuten erreichte ich tatsächlich eine hölzerne Tür mit drei darin eingeritzten Monden. Ich kannte sie. Vor einigen Nächten hatte ich von ihr geträumt. Nein, nicht geträumt. Nun war ich mir sicher, dass es eine Vision gewesen war. Nur wer hatte sie mir geschickt?

Entschlossen öffnete ich die kleine Tür und schritt über die Schwelle.

Der dunkle Anfang einer Treppe, die nach unten führte, lag vor mir. Nicht eine Stufe wurde beleuchtet, was diesen dunklen Gang, neben den elfenbeinfarbenen Wänden und den goldenen Kronleuchtern noch absurder machte.

„Das wird sie wohl sein", sagte ich leise zu mir selbst. Also folgte ich dem fensterlosen Gang, der mich mit jeder Stufe tiefer in den Palast der Götter brachte. Der Geruch von Wohlstand und Luxus verwandelte sich langsam in ein stickiges Gemisch von Kälte und alternden Mauern. Die edlen Tapeten hatte ich oben zurückgelassen. Hier säumten nur noch raue Steine die Wände. Ich fuhr mit den Fingerspitzen an ihnen entlang, um mögliche Abzweigungen zu bemerken. Die Treppe führte jedoch stur gerade aus, bis mir ein sachtes, leicht bläuliches Licht hinter einer Kurve entgegenschien. Die Treppe endete scheinbar hier und der Gang änderte in ein paar Metern seine Richtung. Die

Decke war hier gerade so hoch, dass ich aufrecht stehen konnte.

Ich überlegte kurz. Bisher war es erstaunlich
einfach gewesen. Eine gekennzeichnete Tür,
eine gerade Treppe. Keine Fallen.

Zögerlich schlich ich, die linke Hand an der
steinernen Wand, die letzten Meter des Ganges
bis zur Kurve entlang. Ich spürte meinen Atem
stetig durch meine Lungen fließen. Ein Rauschen, das mich an die Wellen, die in Schottland an den Strand schlugen, erinnerte, wurde
immer lauter. Und es klang nicht nur nach meiner geliebten See. Die Macht der Götter, die ich
am Fuji zu spüren bekommen hatte, klang ebenfalls so. Neben dem Rauschen war auch die,
mir mittlerweile bekannte, Melodie der Götter
zu hören. Das Geräusch ihrer Macht.

Langsam bog ich um die sich biegenden
Steinwände, bis ich sehen konnte, was das
blaue Leuchten auslöste.

Ein kreisrunder Raum, mit einem Durch-
messer von etwa zehn Metern, kündigte das
Ende des Ganges an. Die rauen Steine schienen
hier aufpoliert zu sein und glänzten im Licht-
schein. Alle paar Meter wurde die Wand von
Gitterstäben durchbrochen. Ein Gefängnis.

In der Mitte des Raumes stand eine Art Vitrine auf einem Sockel aus Stein. In diesem wa-

ren detaillierte Ranken und Pflanzen, die mich an Rittersporn erinnerten, gemeißelt und es wirkte, als würden diese aus dem Boden heraus, an dem Sockel nach oben wachsen.

In der Vitrine, die auf dem verzierten Stein befestigt war, lag auf einem königsblauen Tuch ein leuchtender Stein. Er war etwa so groß, wie meine Handfläche und sah aus, wie eine ovale Perle, die man direkt aus den Tiefen der Meere geborgen hatte.

Gerade wollte ich noch einen Schritt in den Raum hinein machen, da stoppte ich.

Niemals würden die Götter den Weg zu diesem wertvollen Stein so einfach machen. Sicher gab es spätestens hier Fallen.

Ich überlegte weiter. In den meisten Filmen, die ich mit Grandpa gesehen hatte, lösten Bodenmechanismen tödliche Fallen aus. Kurzentschlossen bückte ich mich und zog meine Schuhe aus. Es war immer kälter geworden, je weiter ich mich diesem Raum genähert hatte, weshalb ich die Zähne zusammenbiss als die Kälte des Steins in meine Glieder kroch.

Ohne länger darüber nachzudenken, warf ich einen meiner glitzernden Schuhe in den Raum.

Kurze Zeit geschah nichts. Ich hatte das Gefühl, dass das Rauschen immer weiter in den

Hintergrund geriet, als würde ich nicht einmal mein Herz schlagen hören.

Dann hallte plötzlich ein leises Klacken den Gang hinauf und auf einmal flogen drei Pfeile aus Richtungen, die ich nicht direkt bestimmen konnte. Reflexartig zuckte ich zusammen und faltete schützend die Hände um meinen Kopf.

Als ich wieder aufsah, steckten die Pfeile allesamt in den Lederriemen meines Schuhs. Ich schluckte einen schweren Kloß in meinem Hals herunter und betrachtete meinen aufgespießten Schuh. Erst jetzt richtete ich meine Aufmerksamkeit auf den geschickt verlegten Boden.

Wie schon in Eryndal selbst, war ein raffiniertes Sternenmuster aus den Steinplatten gelegt worden. Sterne. Was hatte die weise Dame noch gesagt? *Folge den Sternen.* Ihre Stimme verklang in meinen Gedanken, bis die Erkenntnis zu mir durchsickerte. Nicht jede Platte hatte die Form eines Sternes.

„Folge den Sternen", sagte ich laut. „Sie sind der sichere Weg." Ich drehte mich zum Eingang in den runden Raum. Vorsichtig legte ich den zweiten Schuh auf eine der sternförmigen Platten.

Nichts geschah.

Entschlossen setzte ich einen Fuß auf die kühle Steinplatte. Ein Schauer lief mir über den Rücken, als sich neue Kälte durch meine Haut brannte. Stockend atmete ich aus.

Aufmerksam folgte ich dem Muster des Bodens, entdeckte einige weitere sternförmige Platten. Mit Schwung drückte ich mich ab und landete sicher auf der Nächsten. Diese Platte war größer, sodass ich mit beiden Füßen stehen konnte. Erst jetzt sah ich mich weiter im Raum um. Man hatte vom schmalen Eingang aus nicht alles sehen können.

Die Decke schien eine ewige Nacht gefangen zu halten, denn über mir lag eine unergründliche Schwärze.

Die Gitterstäbe, die in die Wände eingelassen waren, trennten kleine Zellen von dem runden Raum ab. Und als ich mich zum Eingang drehte, zuckte ich zusammen. Von dort hatte ich die Zellen nicht sehen können, doch jetzt hatte ich einen guten Einblick in diese. Und auf das, was in ihnen lag.

Kapitel 15

Mein Atem kroch stoßweise aus meiner Kehle. Meine Gedanken begannen sich zu verknoten, unfähig einzelne Teile zusammenzusetzen. Vor Schreck wich ich ein Stück zurück, wobei ich gerade noch rechtzeitig stoppte, bevor ich die sichere Steinplatten verlassen hätte. Liwano und Seya standen wie in einer schlafenden Starre hinter den Gitterstäben, was mich aus unerklärlichen Gründen vollkommen aus der Spur brachte.

Ihnen so nah gegenüberzustehen, mit dem Wissen, dass sie mich töten wollten, war ein seltsames Gefühl. Noch vor drei Tagen war ich von *ihnen* entführt worden, nun waren sie machtlos. Eingesperrt.

Ich schüttelte den Kopf. Der Stein des Dreimonds hatte Priorität. Es wäre dumm, länger hier zu bleiben, als nötig, um über die verrückte Tatsache nachzudenken, dass meine Feinde im Keller der Götter eingesperrt waren.

Also wandte ich mich der gläsernen Haube zu, die diesen wertvollen Stein schützte. Leise kramte ich den Schlüssel, den die weise Dame mir gegeben hatte, aus der Tasche von Akios Sakko. Dann suchte ich noch weitere Sternenplatten und sprang gezielt weiter.

Kurz vor dem Sockel landete ich neben meinem zweiten Schuh. Drei metallene Pfeile steckten in ihm. Seufzend hockte ich mich hin, streckte den Arm aus, griff nach dem Schuh und zuckte in dem Moment zusammen, als ich ihn von der Steinplatte nahm. Das dunkle Licht, das vor allem von dem Stein des Dreimonds ausging, flackerte für eine Sekunde und ein Zischen jagte durch die Luft. Schmerz trieb von meiner Hand durch meinen gesamten Körper. Zitternd sah ich, wie Blut an meinen Fingern herabtropfte. So viel Blut, dass mein Ringfinger schon nach wenigen Atemzügen nicht mehr zu erkennen war.

Ich wollte schreien, eine Stimme in mir befahl mir jedoch, es nicht zu tun. Stattdessen brachte ich nur ein leises Wimmern zu Stande, das in diesem runden Raum mit der nicht vorhandenen Decke allerdings fast wie ein Schrei klang.

Ich spürte meinen Puls in meiner Hand, denn zwischen Mittel- und Ringfinger hatte sich ein weiterer Pfeil einige Zentimeter in mein Fleisch gebohrt. Die Spitze des Pfeiles steckte, den Göttern sei Dank, in meinem Schuh, trotzdem hatte er einen tiefen Schnitt verursacht.

Ich traute mich nicht, die Hand zu bewegen. Der scharfe Schmerz war wie eine Betäubung für meinen Verstand.

Plötzlich hörte ich dumpfe Schritte. Hektisch ließ ich meinen zerfetzten Schuh los, wobei sich die Klinge von meinen Fingern löste. Unmittelbar strömte mehr Blut pulsierend an meinen Fingern herab. Mir wurde schwindelig und ich taumelte kurz auf der Stelle. Schnell zwang ich mich, mich auf den Stein, der so wunderschön schimmerte, zu konzentrieren.

Reiß dich zusammen!

Eine letzte sichere Steinplatte brachte mich direkt vor den steinernen Sockel. Der Schlüssel hatte rote Abdrücke in meiner unverwundeten Hand hinterlassen, so sehr hatte ich sie angespannt.

Schnell suchte ich nach einem passenden Schloss, fand eine Einkerbung zwischen den Mustern des Fundamentes und ging auf die Knie. Der Schlüssel passte perfekt und ließ sich einfach nach rechts drehen.

Ein Knall rasselte durch die Steinwände. Scherben landeten neben mir auf dem Boden, eine traf mich an der Wange.

„Verdammt!" Wenn das so weiter gehen würde, sähe ich hier nach aus, als ob ich ganz Eryndal abgeschlachtet hätte.

Verunsichert sah ich auf. Scherben, die auf meinem Rücken gelandet waren, klirrten auf die Steinplatten, als ich aufstand. Zum Glück wurde nicht erneut der Mechanismus mit den tödlichen Pfeilen ausgelöst und mein Herz konnte sich für einen Moment beruhigen.

Der Stein des Dreimonds lag auf der dunkelblauen Seide wie der Mond am Sternenhimmel vor mir. Wie in Trance hob ich die Hände, wollte dieses Heiligtum an mich nehmen. Das Blut an meinen Fingern und jenes, das von meiner Wange lief, störte mich nicht mehr. Der Schmerz verblasste, das Pochen hinter meinen Schläfen verstummte. Ich sah nur dieses elfenbeinfarbene Schimmern vor mir.

„Was machst du hier?"

Sofort drehte ich mich um. Ean stand mit verschränkten Armen, an dem Eingang lehnend vor mir.

„Wir hatten dir doch den Auftrag gegeben, den dunklen Erben zu finden und du… stiehlst den Stein des Dreimonds?" Seine Stimme klang abschätzend, schockiert. „Ich muss sagen, du überraschst mich, Jamina." Ich stockte. Jetzt, viel zu spät, bemerkte ich, dass Ean mich schon zuvor so genannt hatte. „Viele sind schon bei dem ersten Schritt, den sie in diesen Raum gesetzt haben, gestorben. Doch du–" er zeigte auf mich, „lebst noch."

Ich reckte das Kinn vor. „Wer bist du?"

Eans Augen weiteten sich für einen so kurzen Moment, dass ich mich fragte, ob ich es mir nur eingebildet hatte. „Ich bin ein Gott. Der Gott des –„

„Schutzes", beendete ich seinen Satz. „Woher kennst du meine Familie? Woher kennst du den Spitznamen, den mein Grandpa mir gegeben hat?" Ich schluckte. „Woher kennt du *mich*?"

Er brach den Blickkontakt ab. „Das ist sehr kompliziert."

Wütend schnaubte ich. Mein Schwindel nahm wieder zu, an meinen Füßen hatte sich eine kleine Blutlache gebildet. Wenn dieser

dumme Gott nicht gleich mit der Sprache raus-
rücken würde…

„Kein Grund gewalttätig zu werden", murmelte Ean und sah wieder auf. „Du warst schon
immer eine Kämpferin." Ein gelähmtes Lächeln
erschien auf seinen Lippen, reichte aber nicht
bis an seine grünen Augen. „Genau wie dein
Vater."

„Du kennst meinen Vater nicht!" Vielleicht
lag es an dem Blutverlust, vielleicht an diesen
niemals endenden Geheimnissen, dass ich langsam die Beherrschung verlor.

„Du willst mir sagen, ich kenne meinen eigenen Sohn nicht?" Mein Herz blieb stehen.
Seine Stimme klang so trocken, so ernst, dass
ich es gar nicht wagte, seine Worte in Frage zu
stellen. Tränen stachen in meinen Augen, aus
Gründen, die ich nicht verstand. Mein Gehirn
arbeitete nur langsam. Er war mein…

„Großvater", führte er leise meine Gedanken
aus.

„Aber wie kann das sein? Du bist vielleicht
dreißig!"

„Und nebenbei unsterblich."

„Aber–" Meine Stimme brach und meine
ganze Welt geriet ins Schwanken. Als würde ich
in einem Boot von geglaubtem Wissen sitzen,
das nun in einen Sturm geriet. Ein Sturm von

Verrat. Seit einem halben Jahr hatte ich geglaubt, Grandpa vielleicht nie wieder zu sehen. Ich hatte geglaubt, die einziger Person, die mir aus meiner Familie geblieben war, verloren zu haben. Jetzt weiß ich, warum er gegangen war. Die Diebstähle des schlagenden Herzens haben ihn wahrscheinlich gezwungen, in dieses Reich zurückzukehren. Und mich allein zu lassen.

„Wie kann das sein?" Tränen mischten sich mit meinem Blut, vertieften sich mit ihm in einen Wettkampf, bis sie an meinem Kinn nach unten tropften.

Ean seufzte. „Vor einigen Jahren habe ich eine Sterbliche kennengelernt. Sie war so hübsch, wie keine Göttin es je sein könnte, und trotzdem hat sie mich gewählt. Grundsätzlich ist es uns nicht verboten Beziehungen mit Menschen einzugehen, also nutzte ich jede Gelegenheit bei ihr zu sein. Schließlich bekamen wir einen Sohn." Seine Augen wurden feucht. „Sie starb bei der Geburt deines Vaters." Ich schluckte. Auf einmal wirkte dieser Gott so seltsam menschlich und verletzbar. Dieser Gott, der mir gerade sagte, dass er mein Grandpa war. „Ich hielt es für das Beste, ihn in Unwissenheit aufwachsen zu lassen. Doch irgendwann fand er es heraus, wollte für sein Erbe kämpfen und mischte sich in die Angelegenheiten der Ichizoku ein. Wodurch er auch schließlich sein Leben verlor."

Ich wusste nicht, was ich sagen sollte. Mein Leben lang wollte ich so viel wie möglich über meine Herkunft und meine Familie wissen. Doch jetzt wünschte ich, ich hätte all das nie erfahren. Es war zu viel. Zu viel auf einmal. Ich stammte von Göttern ab, ihr Blut floss durch meine Adern und gerade ließ ich es unachtsam an meinen Fingern und Wangen nach unten rinnen.

„Warum hast du mir nie etwas von dir – von deinem wahren Leben erzählt?"

„Ich wollte nicht, dass dir das selbe Schicksal widerfährt, wie deinem Vater. Ich wollte dich beschützen."

„Und als ich dann von euch wusste? Ich habe dich gebraucht, aber du bist gegangen."

Für einen Moment schwieg Ean und musterte ruhig die Steinplatten. Dann sah er auf. „Ich wusste nicht, wie ich es dir sagen sollte."

„Und da bist du einfach abgehauen?!" Ich konnte ein Schluchzen nicht verhindern, das zu erbärmlich, neben all der Wut und Verzweiflung in mir, klang.

„Ich hatte keine Wahl. Die Anderen brauchten mich hier. Und ich habe gesehen, dass du jemanden gefunden hast, der dich beschützen kann."

Ich schnaubte, verdrängte den Schwindel, der mich in die Knie zwingen wollte. „Warst du nicht derjenige, der mir gesagt hat, dass man immer eine Wahl hat?"

„Touché." Ein halbes Lächeln zog seine Mundwinkel nach oben. Bedacht trat er einen Schritt auf mich zu, auf eine der Sternenplatten. „Komm, Jamina. Ich will das wieder gut machen. Wir werden das alles zusammensetzen, jede Frage soll dir beantwortet werden. Lass uns nach oben gehen."

Das klang gut. Mein zitternder Atem und mein stockendes Herz wünschten es sich so sehr, dass ich auf dieses Angebot einging. Und beinahe wäre ich das auch. Doch diese kleine innere Stimme zerrte an dieser Versuchung.

Mein Blick ging zu den beiden bewusstlosen Göttern hinter den Gitterstäben. „Ihr habt es geschafft sie wieder einzusperren."

Ean – Grandpa – nickte. „Es war ein Kampf, aber wir haben es geschafft."

„Geht es den Anderen gut?"

Seine grünen Augen begannen zu schimmern. „Wenn du deine Freunde meinst, dann ja. Sie liegen gerade wahrscheinlich wohlbehalten in ihren Betten."

„Warum siehst du dann so… traurig aus?"

„Als du verschwunden warst, hat Liwano es mit uns allen aufgenommen. Seya hatten wir, solange, wie dein Freund Liwano aufgehalten hatte, besiegen können." Er schluckte. „Gwen hat sich aufgeopfert und ist ins Kreuzfeuer unserer Mächte gerannt, um Liwano zu retten. Sie hat die Nacht nicht überstanden."

Etwas schweres schnürte meine Kehle zu. Gwen. Die nette, unschuldige Zwergin mit dem strohblonden Haar, die sich so liebevoll um Dee gekümmert hatte. Die uns geholfen hatte.

„Auch für uns ist ihr Verlust schwer. Sie war unsere nächste Vertraute. Die einzige unter den Zwergen, die mit diesem Raum und dessen Regeln vertraut war."

Ich erinnerte mich, dass ich Gwen einmal aus einer kleinen Tür hatte kommen sehen. In dem Moment hatte ich nicht auf diese geachtet, doch jetzt war mir klar, dass sie hier gewesen war.

„Das tut mir leid", sagte ich aufrichtig und neigte den Blick zum Boden. Darauf folgte Stille. Eine inoffizielle Schweigeminute, die ich der lebhaften Zwergin widmete.

Nach einer Weile brach Ean die Stille. „Kommst du mit mir?"

Ich sah ihn an. Eine berechtigte Frage, die ich mir zu erst selbst stellen musste. Doch in mir wusste ich die Antwort. Mittlerweile ging es um weitaus mehr, als um mich. „Nein. Ich muss das hier machen. Es ist die einzige Möglichkeit, dass die weise Dame mir sagt, wie wir den Erben finden können."

„Das verstehe ich. Ich werde den Anderen nichts hiervon erzählen. Pass auf dich auf, Jamina." Damit wandte er sich ab und ließ mich im kreisrunden Raum allein.

Langsam drehte ich mich um und schloss den Stein des Dreimonds in meine Hände. Diese begannen zu kribbeln, mein Blut verteilte sich auf der glatten Oberfläche des Steines. Ich schloss die Augen, sah gerade noch, wie der Raum durch die nun fehlende Lichtquelle im Dunklen verschwand. Dann verschwammen meine Gedanken, all die Trauer um Gwen, all die Lügen, die mir erzählt wurden, alles verlangsamte sich, gelang an einen Punkt und implodierte dann.

Kapitel 16

„Du hast es also geschafft." Die weise Dame sah verblüfft auf den von meinem Blut verschmierten Stein. Die Pfeile schienen wirklich meinen Tod zu wollen, denn der durchgehende Schwindel konnte nicht nur von der Teleportation kommen. „Ich muss sagen, ich bin überrascht."

Sie streckte die Hände über den runden Tisch aus. Ich zögerte. „Sagen Sie mir erst, wo der dunkle Erbe ist."

„Was den Erben angeht, scheinen deine Absichten rein zu sein." Ihre Stimme nahm einen gütigen Ton an. „Doch zuerst gib mir deine Hand." Skeptisch sah ich sie an. „Deine Hand, nicht den Stein." Eine breite Falte bildete sich zwischen ihren Brauen, während sie meine blutenden Finger ansah. Ich tat, was sie sagte. Viel schlimmer konnte die Blutung ja kaum werden.

Die weise Dame legte ihre Hände vorsichtig um meine, bedacht darauf, nicht an die offene Haut zu kommen. Leise begann sie eine mir bekannte Melodie zu summen. Ich kannte sie, hatte sie schon so oft gehört. Von Seya, Yuki, von… Göttern. Perplex starrte ich auf meine Hand. Schon nach wenigen weiteren Herzschlägen lehnte sich die Frau wieder zurück, nachdem sie ihre Macht auch an meinem aufgeschlitzten Gesicht angewendet hatte. Dann gab sie mir ein mühsam besticktes Tuch. „Säubere deine Haut."

Wieder folgte ich ihrer Anweisung, versuchte aber, die gestickten Vögel nicht mit meinem Blut zu tränken. Als ich das meiste Blut weggewischt hatte, war die Wunde verschwunden. Erstaunt betrachtete ich meine Hand von allen Seiten. Jotaro – Liwano – hatte damals etwas ähnliches getan. Er hatte mir einen Splitter aus der Hand gezaubert. War die weise Dame eine von ihnen? Hatte einer der Götter *schon wieder* eine andere Form angenommen?

„Warum können Sie das?"

Die Frau, die mir gegenüber saß, kicherte. „Das ist jetzt nicht wichtig. Was wichtig ist, ist, dass du weißt, dass die Götter nicht so sind, wie du denkst. Ich bin mir nicht sicher, ob man ihnen im Moment trauen kann."

Natürlich vertraute ich ihnen nicht mehr. Schließlich hatte ich gerade erfahren, dass einer von ihnen mein Großvater war und mich im Glauben gelassen hat, er sei verschwunden. Der Blick der weisen Dame ging zu meiner anderen Hand. „Wollen wir unseren Handel abschließen?"

Ich überlegte. Wäre sie eine getarnte Göttin, warum sollte ihr dann so viel daran liegen, den Stein aus ihrem eigenen Reich zu stehlen? Sie hätte doch jederzeit Zugriff auf diesen.

Ich konnte niemandem mehr trauen und war vollkommen auf mich allein gestellt. Und das machte mir Angst. Angst, eine falsche Entscheidung zu treffen und damit alles zu ruinieren.

„Sag mir erst, wie ich den dunklen Erben finden kann."

Ihr Kichern ebbte in einem schmalen Lächeln ab. „Du bist klug, Jamielle Amaya. Ich werde es dir nicht direkt sagen können. Aber ich bin mir sicher, du wirst ihn trotzdem finden." Sie räusperte sich. „*Drei Wesen, deren Kraft ist gebannt,*

ein Kreis aus Blut die Antwort umspannt.

Drei Monde vergangen,
folg' diesen Wegen.
Denn wo die Dunkelheit begann,
wird sich das Dunkle erheben."

Die weise Dame hatte durchgehend auf einen Punkt hinter mir gestarrt, den sie jetzt wieder losließ. Etwas verwirrt blinzelte sie, bis sie wieder zu mir sah. Ich wusste, worauf sie wartete. Und ich würde mein Wort nicht brechen. Also legte ich den schimmernden Stein, der durch mein Blut, das auf ihm klebte, wie Lava aussah, auf den Tisch. „Danke."

„Ich habe zu danken." Sie nahm den Stein an sich, atmete tief durch und mit einem Seufzer wieder aus. Sie wirkte aufrichtig glücklich, als hätte ich ihr gerade einen Fluch von der Seele genommen. „Ich werde dich aus diesem Reich heraus bringen. Gibt es einen bestimmten Ort, an den du möchtest?"

Meine innere Stimme schrie mich an, bettelte, dass ich mein zu Hause wählte. Es wäre so einfach. Aber ich wusste, ich musste dieses Rätsel lösen und den dunklen Erben finden. Natürlich wollte ich zuerst meine Freunde wählen, doch ich hatte gerade den kostbarsten Besitz der Götter gestohlen, also würde es sich nicht gut machen, dort aufzukreuzen.

Sollte die weise Dame außerdem die Wahrheit sagen, konnte ich ihnen nur bedingt trauen. Es gab niemanden mehr, zu dem ich gehen konnte. Außer…

„Ich weiß, wo ich hin möchte."

Akio

Seit zwei Tagen war Jamie nun nicht zurückgekehrt. Warum war ich nicht mit ihr gegangen? Es zerriss mich, nicht zu wissen, wie es ihr ging. Wer weiß, wo sie gerade war? Vielleicht wurde sie erneut von diesen Dämonen angegriffen? Seya und Liwano konnten sie zum Glück nicht mehr verfolgen. Die anderen Götter hatten es geschafft, sie zu besiegen und einzusperren. Aber der Regent der Schatten wusste wahrscheinlich schon von ihren Absichten. Keiner wusste, was sein nächster Schritt sein würde.

Draußen war der Himmel hell, die Sonne stand an ihrer höchsten Stelle und der kleine Mond war unter ihr. Es war Mittag. Was bedeutete, dass ich seit Stunden vor diesem Fenster stand und auf Eryndal sah. Irgendetwas in mir hoffte, dass Jamie jeden Moment hinter einem der Häuser vortreten würde. Doch mein Verstand wusste, dass sie nicht hier war.

Entschlossen wandte ich mich vom Fenster, marschierte durch mein Zimmer und öffnete die Tür zum Flur. Ich würde Yuki sagen, dass ich, sobald wir von den Walen erfahren hatten, wo Jamie war, zu ihr reisen würde. Egal wo sie war.

Mein Ziel war Dees Zimmer. Ich wusste nicht warum, aber Yuki verbrachte ziemlich viel Zeit mit ihr, also würde ich bei ihr zu erst nachsehen.

Gerade wollte ich in den nächsten Gang abbiegen, da hörte ich plötzlich dumpfe Stimmen aus einer anderen Tür.

Es ging mich nichts an, was hinter diesen Wänden besprochen wurde. Es wäre unverantwortlich, zu lauschen. Also war die Suche nach Yuki meine Ausrede.

Leise lehnte ich mich gegen die Tür, drückte mein Ohr gegen das Holz.

„Du hast kein Recht, darüber zu entscheiden." Eans Stimme. Sie war durch das Holz gedämmt, doch ich konnte sie trotzdem gut verstehen.

„Oh doch. Hast du schon vergessen, wer der Oberste der Götter ist?", sagte Tanes große Stimme.

„Natürlich nicht, aber das gibt dir noch lange nicht das Recht, mir zu verbieten, mit Jamie zu reden."

Kurze Stille. „Du hast es ihr bereits gesagt, nicht wahr?", knirschte Tane dann. „Du hast ihr gesagt, dass ihr Vater dein Sohn war."

Mein Atem stockte. Jamie stammte von einem der Götter ab? Das konnte nicht sein. Ihre Eltern waren gestorben… als sie angeblich für die Ichizoku gearbeitet hatten. Sie haben für die Götter gekämpft. Ungläubig schüttelte ich den Kopf.

„Hörst du das?"

„Der junge Sterbliche belauscht uns", knurrte Tanes tiefe Stimme.

Ich schreckte auf, stolperte von der Tür zurück und verschwand schnell im nächsten Gang.

Kapitel 17

Jamie

Ein frischer Geruch, nach Wasser und Wald wurde mit dem Wind zu mir getragen. Meine Haare peitschten um mein Gesicht und endlich hatte der Schwindel nachgelassen. Obwohl die Sonne von oben auf mich herab schien, war es kühl. Ich schlang die Arme um meinen Körper. Ich trug immer noch das Kleid, das ich auf dem Ball getragen hatte, fröstelte jetzt darin, obwohl ich Akios Sakko trug. Der Boden war noch kälter und ich dachte kurz, dass meine Zehen wohl für immer absterben würden.

Ich richtete den Blick nach vorn und stellte zufrieden fest, dass die weise Dame mich tatsächlich an den Ort, den ich mir gewünscht hatte, gebracht hat.

Samiras Haus lag mit den vereinzelt leuchtenden Steinen vor mir, wirkte trotz des Tageslichts mystisch und geheimnisvoll.

Entschlossen schritt ich den Steinweg entlang. Das Rauschen des nahen Flusses und das Zwitschern der Vögel wurde unterbrochen, als ich an die verzierte Holztür klopfte.

Inständig hoffte ich, Samira würde mir helfen. Sie war meine einzige Chance.

Ein paar Atemzüge später öffnete sie. Bei meinem Anblick sah sie mich aus ihren blaulila schimmernden Augen heraus besorgt an.

„Hallo Samira. Ich bin Jamie. Vor ein paar Tagen war ich mit Aluna und meinen Freunden hier."

„Ist deine Freundin immer noch krank?", fragte Samira erschrocken. Beiläufig ging sie einen Schritt zur Seite. „Komm doch erst mal rein."

Ich nickte dankend und folgte ihr ins warme Innere. Wir setzten uns, wie das letzte Mal, in den gemütlichen Bücherraum. Kurz musterte Samira mich, dann stand sie noch einmal auf. „Dir ist sicher kalt. Ich hole dir schnell etwas Wärmeres."

Ohne etwas zu erwidern blieb ich unbeholfen sitzen. Samiras Bemühungen rührten mich und ich war dankbar dafür, nicht länger dieses Kleid tragen zu müssen.

Als sie wiederkam, hatte sie eine schwarze Hose, eine rote Tunika, dicke Socken und Schuhe dabei. Lächelnd reichte sie mir die Kleidung.

„Danke, das wäre wirklich nicht nötig gewesen."

„Kein Problem. Ich habe genug davon." Ihr Lächeln wurde breiter. „Außerdem habe ich sonst keinen, dem ich etwas schenken kann."

„Das tut mir leid. Bist du denn immer allein in diesem Haus?"

„Meine Eltern wollen nicht, dass man mich sieht. Also ja, ich lebe allein und nur in diesem Haus." Kurz sah sie sich um. „Ich werde uns einen Tee machen. Dann kannst du dich umziehen und mir danach erzählen, warum du hier bist."

„Vielen Dank", sagte ich freundlich und als Samira den Raum verlassen hatte, machte ich mich daran, mein dünnes Kleid gegen die gefütterte Winterkleidung zu tauschen.

Gerade schnürte ich den zweiten Stiefel zu, da linste Samira in den Raum. Als sie sah, dass ich soweit umgezogen war, trat sie mit einem Tablett, auf dem zwei dampfende Tassen und ein Teller mit Gebäck standen, in den Raum.

„Wie ich's mir dachte: Rot steht dir."

Ich kicherte. „Danke."

„Also, wie kann ich dir helfen?"

Ich räusperte mich. „Meiner Freundin geht es wieder gut. Ich weiß zwar nicht warum, aber sie ist wieder ganz die Alte."

„Das freut mich." Ihr Lächeln wurde noch breiter und irgendwie erinnerte sie mich an jemanden. „Als ihr euch nicht mehr gemeldet hattet, hatte ich schon Angst, sie hätte es nicht geschafft."

Ich wusste gar nicht, wie ich die Gastfreundschaft einer so netten Person verdient hatte. „Samira, ich brauche deine Hilfe. Die Götter haben meinen Freund und mich losgeschickt, um den dunklen Erben zu finden." Ihre Augen weiteten sich, ihr Lächeln verstarb. „Sie meinten, er wäre der einzige, der uns helfen könnte, sollte der Regent der Schatten Seya und Liwano unterstützen. Oder spätestens wenn er erneut versucht, die Erde zu übernehmen." Ich machte eine kurze Pause. „Dazu sollten wir zur weisen Dame gehen. Allerdings bin nur ich dort angekommen. Akio hat im Palast gekämpft. Ich hatte erst Angst, dass Seya und Liwano zu stark

sein würden, doch als ich dann diesen Mond-
stein für die weise Dame stehlen sollte, damit
sie mir sagt, wo der dunkle Erbe ist, waren die
beiden Götter zum Glück eingesperrt. Ich glaube nicht, dass die anderen Götter mir jetzt noch
helfen würden, und deshalb brauche ich dich."
Ich redete ohne Punkt und Komma und wahrscheinlich viel zu schnell, als dass Samira alle
Zusammenhänge verstanden hatte.

„Du hast den Stein des Dreimonds gestohlen?"

Ich nickte.

„Und die weise Dame hat ihn jetzt?"

Wieder nickte ich.

„Und…" Für einen Moment brach sie unseren Blickkontakt ab. „Und du weißt jetzt, wo
der dunkle Erbe ist?" Ihre Stimme klang auf
einmal brüchig, verletzlich.

„Naja, die weise Dame hat mir ein Rätsel
gegeben."

Sofort sprang Samira auf, ging quer durch
den Raum und holte aus einem der Regale ein
vergilbtes Papier und einen Stift. „Wie lautet
es?"

Es dauerte einen Moment, bis ich das Rätsel
rekonstruiert hatte, aber schon nach ein paar
Minuten stand es in Samiras schöner Hand-
schrift auf dem Papier geschrieben.

Drei Wesen, deren Kraft ist gebannt,
ein Kreis aus Blut die Antwort umspannt.
Drei Monde vergangen,
folgt diesen Wegen.
Denn wo die Dunkelheit begann,
wird sich das Dunkle erheben.

„Weißt du, wie das alles zusammenhängt? Ich meine warum genau der dunkle Erbe eingesperrt ist und warum nur er den Regenten aufhalten kann?"

Samira atmete tief durch. „Würdest du ihn verraten? Den dunklen Erben. Würdest du ihn an die Götter ausliefern?"

Ich überlegte, wählte meine Worte mit Bedacht. „Wenn ich weiß, dass es nicht richtig wäre, würde ich es nicht tun."

Samira nickte, betrachtete mich aber noch einen Moment skeptisch. „Der Regent der Schatten hat ihn weggesperrt. Verbannt. Verflucht. Aber das dunkle Reich hofft schon lange darauf, dass er eines Tages befreit wird und den Platz seines Vaters einnehmen kann. Der Regent der Schatten hat das Reich in Dunkelheit gestürzt. Weißt du, ursprünglich hieß es das dunkle Reich, weil dort die Sonne untergeht. Nun ist es wirklich dunkel."

„Warum haben die Götter dann nicht selbst die weise Dame gefragt, wie man den Erben befreien kann?"

„Weil diese ihnen niemals geholfen hätte." Als sie meinem fragenden Blick bemerkte, fuhr sie fort. „Damals, nur ein paar Jahre nachdem die Götter in dieses Reich verbannt wurden, waren es die *sieben* Li-Götter. Aber Macht verschleiert einem den Blick auf das, was richtig ist. Alva, die Göttin der Herkunft, wurde von der Macht nicht geblendet. Anders, als alle anderen Götter, wollte sie ihre Kraft mit anderen teilen. Sie schloss ihre Energie in vollkommen normalen Gegenständen, wie Vasen oder Büchern ein, und gab sie dann an andere." Samira legte eine dramatische Pause ein, „Das gefiel den anderen Göttern natürlich nicht. Also verbannten sie Alva in eine Zwischendimension, radierten ihren Namen aus allen Aufzeichnungen und ersetzten ihn durch die *weise Dame*. Alle Gegenstände, die Alvas Macht in sich trugen, wurden zusammengesucht und mit ihr in der anderen Dimension eingesperrt." Eine Gänsehaut kroch an meinem Rückgrat herab. „Bis heute versucht Alva einen Weg zu finden, um zurück ins Li-Reich zu kommen. Und mit dir hat sie es endlich geschafft."

„Weil der Stein des Dreimonds Wünsche erfüllt", setzte ich leise das Puzzle zusammen.

„Richtig. Und zwar jedem genau einen."

„Haben die anderen Götter ihre schon aufgebraucht?"

„Fast. Wie gesagt, Macht lässt einen erblinden. Was meinst du, wie die Götter an so einen Palast und Reichtum gekommen sind?" Samira schnaubte. „Alle, bis auf Yuki hatten ihren Wunsch in den ersten zehn Jahren verbraucht."

„Was hat Yuki daran gehindert?"

Das Mädchen mir gegenüber kicherte. „Er hat immer an das Schicksal geglaubt. Daran, dass der richtige Moment für seinen Wunsch noch kommen wird."

Das Puzzle um Dees Heilung vervollständigte sich. Yuki hatte zwar mit uns nach einem Gegenmittel gesucht, ist jedoch immer wieder verschwunden. Etwas verband ihn und meine Freundin und was immer es war, es war stark. Sicher hat er nach ihr gesehen und als es langsam knapp wurde, hat er seinen einzigen Wunsch ihrer Heilung gewidmet. Waren die beiden etwa ein Paar? War Yuki vielleicht sogar Dees geheime Bekanntschaft vom Silvesterabend? Es würde Sinn ergeben, brach mir aber etwas das Herz. Würde meine Freundin mir so etwas verheimlichen?

Meine Gedanken wanderten zu Gwen. Als ich von der Befreiung von Seya und Liwano erfahren hatte, war sie aus der kleinen Tür gekommen. Der Tür, die den Weg zum Stein des Dreimonds verschloss. Zu dem Stein, mit dem wenig später meine Freundin geheilt wurde.

Samira reichte mir eine der Tassen, die ich ganz vergessen hatte. Dankend nahm ich sie entgegen und nippte an dem süßen Tee. Alles fügte sich zusammen.

„Damit kein anderer die Macht eines Wunsches hatte", setzte Samira fort, „versteckten die Götter den Stein des Dreimonds. Und bisher war es auch niemandem gelungen, ihn zu finden. Von Jahrhundert zu Jahrhundert verlor er an Bedeutung. Bis heute." Samira strahlte wieder. „Du hast die Geschichte geändert, Jamie."

Ihre Worte ließen mich groß fühlen. So mächtig, obwohl ich immer noch das Gefühl hatte, als Marionette zu agieren.

Einen Moment lang tranken wir still den Tee und bedienten uns an dem Gebäck. Ich fragte mich, ob ich Samira vertrauen konnte. Ich wusste im Prinzip nichts über sie. Doch da war ihre Freundlichkeit und die Tatsache, dass sie mir alles erzählte, ohne lang darüber nachzudenken, ob *sie mir* vertrauen konnte. Also gab ich machtlos auf und beschloss, ihr mein Vertrauen zu geben.

„Warum wurde der dunkle Erbe verbannt?", fragte ich dann zwischen zwei Bissen von einem Keks. Leonidas hatte mir von einem Unfall erzählt, aber es musste mehr dahinterstecken.

Samira hielt kurz inne. „Er hat sich in ein Mädchen verliebt, das im hellen Reich lebt. Sein Vater war strikt gegen diese Beziehung, also verfluchte er, wie gesagt, seinen eigenen Sohn. Niemand sollte wissen, wie man den Fluch löst."

„Warum wusste es Alva?"

„Sie ist die Göttin der Herkunft. Sie kennt den Standort von jedem."

Deshalb waren die Götter auf sie angewiesen. Alles fügte sich Stück für Stück zusammen.

Samira nestelte an dem Saum ihres Kittels. Einen Augenblick lang beobachtete ich sie einfach, dachte über das nach, was sie gesagt hatte, bis es mir wie Schuppen von den Augen fiel.

„Du bist das Mädchen, in das sich der dunkle Erbe verliebt hat."

Sie zuckte zusammen. Starrte mich reglos an. Ihre Wangen nahmen einen rötlichen Ton an. Es dauerte, bis sie sich aus ihrer Schockstarre gelöst hatte. „Woher weißt du das?"

Ein Grinsen stahl sich auf meine Lippen. „So, wie du von ihm sprichst, war es offensichtlich", sagte ich so weich und freundlich, wie möglich. „Außerdem könnte das der Grund sein, warum deine Eltern dich in diesem Haus verstecken."

Entweder hatte ich bei Letzterem ins Schwarze getroffen, oder ich lag mit meiner Vermutung meilenweit entfernt von der Wahrheit.

Verlegen sah Samira zu mir auf. „Ich werde dir helfen, ihn zu befreien, damit er seinen rechtmäßigen Platz einnehmen kann. Aber versprich mir, ihn nicht an die Götter auszuliefern."

Ich hatte das Gefühl, mein Herz verflüssigte sich. „Ich verspreche es."

Die nächsten Minuten vergingen, während Samira und ich versuchten, das Rätsel der weisen Dame zu entschlüsseln. Meine neue Freundin – wenn ich sie so nennen darf – war schnell darauf gekommen, dass mit den drei Wesen wahrscheinlich die Wächter des dunklen Reiches gemeint waren. Laut einer Legende sollen sie nach dem ersten Dreimond von diesem auserwählt worden sein, um über das dunkle Reich zu herrschen und ein Gleichgewicht zum Regenten der Schatten herzustellen. Bei ihnen handelt es sich um einen Egri, einen Doomer und – wie hätte es anders sein können – einen Drachen. Da ich mir unter den ersten Begriffen nicht hatte viel vorstellen können, hatte Samira mir in einem Buch Bilder der Wächter gezeigt.

Ein Egri war eine Art Pferde-Zebra-Einhorn-Mix. Schwarze Streifen auf grauem Fell und ein gespaltenes Horn. *Juner*, hatte in geschwungenen Buchstaben unter dem Bild gestanden. Der Anführer dieser Art.

Ein Doomer war ein großer Fisch, der Oberste von ihnen: Neponox. Sechs Meter groß und Zähne wie Dolche.

Doch der Anschein soll laut Samira trüben. Neponox war der ruhigste und freundlichste der Wächter, was ich ihr bei dem Bild des letzten Wächters sofort geglaubt hatte.

Merkjur, ein schwarzer Drache, gewunden wie eine Schlange, war fast so groß, wie einer der Türme des Palastes, hatte sensenartige Klauen und erinnerte mich an die Drachen, die ich in Japan getroffen hatte.

Ein Kreis aus Blut die Antwort umspannt.

So offensichtlich, dass man es hinterfragte. Wir mussten einen Bannkreis aus ihrem Blut ziehen, um den dunklen Erben heraufzubeschwören.

Drei Monde vergangen,
folgt diesen Wegen.
Denn wo die Dunkelheit begann,
wird sich das Dunkle erheben.

Und zwar nach einem Dreimond und im dunklen Reich.

„Das muss es sein", sagte Samira triumphierend.

„Wir müssen die Wächter finden und aus ihrem Blut den Bannkreis ziehen. Dann ist Aeron endlich frei." Verträumt sah sie auf unsere Notizen und Kritzeleien, die wir uns zu dem Rätsel gemacht hatten.

„Ist das sein richtiger Name? Aeron?"

Sie nickte. „Kaum einer kennt noch seinen richtigen Namen. Überall wird er als der dunkle Erbe gefürchtet." Sie sah mich an. „Aber er ist nicht böse."

Ich schmunzelte und dachte für einen Moment an Akio. „Das glaube ich dir", sagte ich schließlich. „Also, wie kommen wir zu den Wächtern?"

Samira überlegte. „Zu Fuß würden wir zu lang brauchen." Ihr Blick verwandelte sich in ein verschmitztes Grinsen. „Kannst du reiten?"

Ich nickte. Ich war zwar genau so wenig eine gute Reiterin, wie ich eine unerfahrene war, aber ich musste ja keinen Wettkampf gewinnen.

„Ich habe dieses Haus seit Jahrzehnten nicht verlassen, aus Angst vor der Reaktion meiner Eltern. Aber ich glaube, jetzt wird es Zeit, zum Palast zurückzukehren und uns ein paar Pferde zu borgen."

$\mathcal{K}$apitel 18

Akio

Ich stolperte den Gang entlang, bis zu Dees Zimmertür. Dass Jamie von den Göttern abstammte konnte ich nicht begreifen. Warum hatte sie mir nichts davon erzählt? Nein, es hatte so geklungen, als hätte sie auch erst kürzlich davon erfahren. Trotzdem fühlte es sich an, als hätten zu viele mir etwas vorenthalten.

Ich wollte an Dees Tür klopfen, doch genau in diesem Moment öffnete sich diese. Yuki trat mit zerzaustem Haar über die Schwelle. Als er mich sah, zuckte er zusammen.

„Akio. Was für eine Überraschung. Es ist nicht das, was du jetzt vielleicht denken magst."

„Oh glaub mir, ich kann mir sehr vieles denken. Aber ich muss wegen Jamie mit dir reden."

Er nickte, schloss hinter sich die Tür und trat neben mir auf den Flur. „Wir haben noch keine Kundschaft von den Walen erhalten, falls es das ist, was du wissen möchtest."

„Ich möchte zu Jamie reisen, sobald wir wissen, wo sie ist. Ich kann nicht länger hier bleiben, ohne zu wissen, was sie womöglich gerade euretwegen durchmachen muss."

„Tane wird uns nicht erlauben, ihr zu helfen. Er hasst den dunklen Erben."

„Ich kann sie allein finden."

„Das bezweifle ich." Abschätzend sah er mir in die Augen. „Aber ich kann dich verstehen. Weißt du, manchmal ist es schwer, die Wahrheiten aller zu kennen."

„Heißt das, du weißt etwas darüber, wo sie gerade ist?"

„Nicht direkt", wich er meiner Frage aus.

„Yuki, bitte. Sag es mir."

„Ich habe in der letzten Nacht etwas mitbekommen." Er seufzte. „Ich werde Duke, unseren Stallmeister, fragen, ob er Pferde bereitstellen lassen kann. Sobald wir Nachricht von den Walen erhalten, kannst du zu ihr."

„Und das plant ihr ohne mich?" Finley stand plötzlich neben mir.

Yuki verdrehte die Augen. „Dann eben mehr als *ein* Pferd."

Jamie

Auf dem Weg zum Palast erzählte Samira mir, nachdem ich sie danach gefragt hatte, dass sie schon mehrere hundert Jahre alt war. Ich konnte mir das kaum vorstellen, es erklärte jedoch, warum sie sich so gut mit der Geschichte dieses Reiches auskannte. Bisher hatte ich zwar angenommen, dass nur den Göttern ein so langes Leben gegönnt war, doch scheinbar hatte ich mich geirrt.

Je näher wir Eryndal kamen, desto stiller wurde Samira. Man konnte ihr ihre Angst ansehen, doch mittlerweile küsste die Sonne schon den Horizont und die drei Monde nahmen nacheinander ihre Stellung am Nachthimmel ein. Die Straßen Eryndals waren leer, nur vereinzelt hörten wir grobe Stimmen aus Lokalen poltern oder leise Geschichten, welche Eltern ihren Kindern zum Einschlafen erzählten.

„Es hat sich hier nichts verändert", flüsterte meine Begleiterin und betrachtete die Blumen, die an den Häusern wuchsen.

Ich dachte über ihre Worte nach und hoffte, dass sie den Mut finden würde, wieder in diese

Stadt zurückzukehren, um jeden Tag über dessen Schönheit zu schwärmen. Im Mondschein wirkten die Häuser wie in flüssigem Silber getränkt, der Himmel dagegen, als wäre er aus Onyx gemeißelt. Nur das Funkeln einzelner Sterne durchbrach die schwarze Decke über uns.

Samira führte uns weg vom offiziellen Eingang des Palastes.

„Die Stallungen sind in die Mauer eingebaut. So kann man direkt hinausreiten, ohne bis zu den breiteren Straßen gehen zu müssen. Außer man fährt mit der Kutsche. Die fahren erst weiter unten."

Leise schlichen wir voran, nah an der Mauer, die uns vom Palast trennte, bis schwache Lichter zu erkennen waren. Wir passierten einen Weg mit grobem Muster, der direkt in das Gebäude führte. Wir hielten uns in den Schatten, während wir durch eine schmale Seitentür schlichen.

Die Stallungen waren riesig. Etwa so groß, wie ein halbes Fußballfeld, Pferdeboxen, von der Größe eines Gartenhauses, die sich nebeneinander aufreihten. Und darin Pferde, mit denen es selbst die größten Rassen der Erde nicht aufnehmen könnten. Wir versteckten uns hinter einem großen Ballen Heu. In den Gängen zwischen den Boxen brannten vereinzelt Laternen.

Gerade wollten wir unsere Deckung verlassen, da wurden auf einmal Stimmen lauter.

„Du musst mir nur diesen einen Gefallen tun." Ich kannte diese Stimme. Sie gehörte dem Gott, der meiner Freundin zuliebe wahrscheinlich seinen Wunsch hergegeben hatte. Yuki. „Sie wollen verständlicherweise helfen. Und zu Pferd ist es am schnellsten. Wenn wir erst Kundschaft von den Walen erhalten haben, können wir aufbrechen."

„Tane wird davon nicht begeistert sein." Eine unbekannte Stimme.

„Duke, bitte. Ich werde die volle Verantwortung übernahmen."

Ein Seufzen. „Na gut. Ich werde Pferde bereitstellen. Du wirst nicht mit ihnen gehen, nicht wahr?"

„Ich kann nicht mehr ohne sie, Duke. Für sie würde ich die Ewigkeit aufgeben."

„Ihr Götter und eure heimlichen Geliebten."

„Die Anderen stehen mir da in nichts nach."

„Ich weiß. Nur bitte denk gut über deine Entscheidungen nach."

„Das habe ich bereits." Kurze Stille. „Lass uns draußen weiterreden."

Zustimmung.

Die Stimmen wurden wieder leiser, bis die beiden Männer die Ställe verlassen hatten.

Samira richtete sich auf. „War das Yuki?"

„Ich denke schon."

„Was hat er nur gemeint?"

„Ich weiß es nicht", gab ich halbehrlich zu. Ich konnte mir denken, wen er mit *sie* gemeint hatte.

Ohne ein weiteres Wort zu ihr gesagt zu haben, schlich Samira an den Boxen entlang, scheinbar auf der Suche nach einem bestimmten Tier.

Ich folgte ihr, bis zu einem schneeweißen Pferd.

„Zin", flüsterte Samira und öffnete die Box. Mit der flachen Hand begrüßte sie das sicher zwei Meter große Tier, das ihr schnaubend entgegenkam. Als das Mädchen die Arme um den Hals des Pferdes schlug, senkte Zin den Kopf, als wolle er Samira ebenfalls umarmen.

Dann löste sie sich von ihm. „Schnell, wir holen dir auch ein Pferd." Sie sah sich um. „Das sieht doch nett aus." Sie ging zu einer grauen Stute, öffnete auch ihre Boxentür und kraulte sie zur Begrüßung an der Schulter.

„Verstehst du dich mit allen Pferden so gut?"

„Ich mag alle Tiere", meinte sie nur und führte das Pferd zu mir. Unbeholfen begrüßte ich es und strich über das gemusterte Fell. Schnaubend stupste die Stute mich mit der Nase an.

Gemeinsam rüsteten wir die Tiere mit den Sätteln und Zäumen aus, die vor den Boxen hingen. Samira half mir auf das riesige Pferd und schwang sich dann selbst geschickt auf Zin. Schnell warf ich noch einen Blick zu den Boxen. Wir hatten die Türen wieder geschlossen. *Nira* stand an der Boxentür meiner Stute. Gut zu wissen, wie das Pferd hieß, dem ich nun mein Leben anvertraute.

„Alles in Ordnung?", fragte Samira und zurrte an einer Satteltasche.

„Ich denke schon", meinte ich etwas nervös. Es war nun doch schon etwas her, dass ich auf einem Pferd gesessen hatte. Dazu kam, dass diese halb so groß gewesen waren, wie Nira und Zin es waren und ich damals mehr Ausrüstung zu meiner Sicherheit getragen hatte. Jetzt standen meine Überlebenschancen dagegen wohl ziemlich schlecht.

"Dann los!", rief Samira im nächsten Moment und trieb ihr Pferd zum Galopp an. Überrascht von dem zügigen Tempo ließ auch ich meine graue Stute angaloppieren.

Wir stürmten aus dem Stall und bogen direkt nach links ab, auf den groben Steinweg, der scheinbar direkt an den Rand der Stadt führte. Ich hatte Mühe damit, meine Stute zurückzuhalten, beide Pferde strotzten nur so vor Energie, als ob sie nur auf diesen Moment gewartet hätten. Die unruhigen Klänge der auf Stein knallenden Hufe donnerten durch die Gassen von Eryndal, zertrümmerten dabei die sternenklare Nacht.

Akio

Die Tür zur Bibliothek flog auf. Finley und ich hatten es uns in den Sesseln gemütlich gemacht, während Dee sich jeden Zentimeter dieses Raumes ansah. Wir hatten ihr schließlich versprochen, ihr den Raum der Bücher zu zeigen.

Nun stand Yuki in der Tür und ging mit großen Schritten auf uns zu. „Ich war gerade in den Ställen", begann er und sah sich nach Dee um, die gerade hinter einem der Regale hervortrat. „Jamielle war auch da."

„Was?!" Ich sprang auf und wollte schon aus der Bibliothek rennen, da hielt Yuki mich am Arm fest.

„Hör mir erst zu", sagte er ruhig und bestimmt. Ich schnaubte. „Sie hat sich mit jemandem zusammengetan. Zusammen wollen sie die

Wächter des dunklen Reiches finden. Mit ihnen können sie den dunklen Erben beschwören."

„Mit *wem* ist sie unterwegs?" Ich sah ihm fest in die Augen, doch er ignorierte meine Frage.

„Du und Finley könnt ihr nachreiten."

Dee trat vor. „Ich komme ja wohl auch mit."

Yukis besorgter Blick schweifte zu ihrem. „Es wird gefährlich sein, ins dunkle Reich zu reisen."

„Um so wichtiger, dass ich Jamie helfe!"

„Dee, vielleicht ist es sicherer, wenn wir zurück in dein Reich gehen."

„Was? Nein, Yuki. Ich werde mit Akio und Finley gehen. Ob du mitkommst oder nicht." Bei ihrer entschlossenen Art konnte ich mir ein Lächeln nicht verkneifen. Dee war eindeutig wieder die alte.

Yuki atmete tief durch. „Wenn du dabei noch einmal in Gefahr gerätst, könnte ich mir das nie verzeihen."

„Ich verzeihe es dir aber. Außerdem weiß ich, dass mir nichts passieren kann, wenn du mitkommst."

Der Gott verdrehte die Augen, musste aber schmunzeln. „Da muss ich dir Recht geben."

Jamie

Erst nachdem wir die Straße mit der groben Musterung hinter uns gelassen hatten, und weite Grasebenen vor uns auftauchten, wurde Samira schneller.

„Passt alles bei dir?", rief sie zu mir nach hinten.

Ich schrie nur ein aufgeregtes „Ja!", da ließ sie ihrem Schimmel freien Lauf.

Mein Herz klopfte mir bis zum Hals, doch ich überwand mich, die Zügel ebenfalls länger zu lassen und somit einen Teil meiner Kontrolle aufzugeben. Meine Stute sprintete los und wieherte glücklich in die Nacht hinaus. Neben mir sah ich Samira, die wie auf einem Geisterpferd dahin zu schweben schien.

Adrenalin flutete meine Adern und ich konnte nicht anders als laut aufzujuchzen. Dieses Gefühl von Freiheit, das mir entgegenschlug und die unfassbare Geschwindigkeit, mit der uns diese Tiere trugen, waren überwältigend!

Das hohe Gras zog an uns vorbei, bis wir den Anfang eines Waldes erreichten. Wir drosselten die Geschwindigkeit, ließen die Pferde durchs Unterholz traben. Es war stockdunkel, nur einige fluoreszierende Pilze und Blumen erleuchteten die Umrisse der Bäume. Das Knacken von Ästen und die Rufe von Eulen hallten durch den Wald.

Wir ritten noch einige Zeit über die knorrigen Wurzeln, bis wir an einen See kamen, der wie ein riesiger Spiegel zwischen den Bäumen lag. Von unserer Seite aus hatte man freie Sicht auf das Wasser. Ein paar Meter daneben errichtete sich eine kleine einfache Holzhütte.

Samira parierte ihr Pferd und ließ es zum Stehen kommen. Ich hielt neben ihr an.

„Hier bleiben wir, bis die Sonne aufgeht", beschloss sie und stieg ab. Ich ließ die Zügel los und schwang mich von meiner Stute, fiel jedoch tiefer als erwartet. Als meine Füße den Boden berührten, verlor ich das Gleichgewicht und landete unsanft auf dem Hintern. Mein Pferd senkte den Kopf und stupste mich mit der weichen Nase an. Ich fand ihre Geste so niedlich, dass ich sofort grinsen musste.

Schnell stand ich wieder auf. Samira hatte Zin schon ein Stück weiter an den See geführt. Ich folgte ihr.

Als ich das Wasser erreicht hatte, senkte meine Stute den Kopf und trank gierig.

„Du hältst erstaunlich gut durch", lobte sie, „mehrere Stunden im Sattel zu sitzen ist anstrengend."

Ich grinste. „Dankeschön. Wer hat dir das Reiten beigebracht?"

Gedankenverloren sah sie auf das Wasser und betrachtete die Spiegelungen der drei Monde. „Mein Vater. Er liebt die Pferde." Sie räusperte sich. „Wir nehmen den Pferden die Ausrüstung ab."

Ich gehorchte und löste die Schnallen des Gurtes. So vorsichtig ich konnte, zog ich den Sattel nach unten. Das war jedoch gar nicht so einfach, da ich Nira nicht einmal bis zum Rücken reichte. Schließlich fiel mir der Sattel mitsamt den daran befestigten Satteltaschen auf die Arme. Das Ganze wog sicher mehr als fünfzehn Kilo. Schnell hievte ich das Zubehör auf einen Stein. Dann nahm ich ihr die Trense ab. Sie hatte nicht wie in unserer Welt ein metallenes Gebissstück, sondern war eher wie ein Halfter. Es waren kunstvoll verzierte Lederstreifen, die ich zu der restlichen Ausrüstung legte.

„Binden wir die Pferde nicht an?", fragte ich, als ich zu Samira rübersah.

„Nein", antwortete sie, „sie sollen sich ihren Schlafplatz selbst aussuchen. Aber keine Angst, wenn wir sie rufen, kommen sie zurück."

Mit diesen Worten entließen wir unsere Gefährten in die Freiheit. Mit den Nüstern Richtung Boden schlenderten sie über das kurze

Gras, bis zu den Bäumen. Gedanken verloren sah ich ihnen nach, lauschte ihren leisen Schritten.

Dann ging ich Samira hinterher, zu dem kleinen Häuschen. Knarrend bewegten sich die Scharniere, als sie die Tür öffnete.

„Perfekt", quiekte Samira, „hier sind noch Decken. Die können wir morgen mitnehmen." Sie gab mir eine der Wolldecken, die wir uns auf den Boden legten.

Wir machten es uns gemütlich und als wir endlich lagen, meine müden Muskeln sich ausruhen konnten, erfüllten nur noch die nächtlichen Gespräche der Waldtiere die Luft.

„Ist der mit den schwarzen Haaren dein Freund?", fragte Samiras leise Stimme.

Überrascht drehte ich mich um, sodass ich sie sehen konnte. „Wenn du Akio meinst, ja."

Ich konnte ihr Gesicht nicht erkennen, es war zu dunkel, da das Haus keine Fenster hatte, doch ihr zufriedenes Kichern verriet sie. „Ich wusste es."

Es war wirklich erstaunlich, wie ein Mensch, der so lang einsam in einer abgelegenen Hütte gelebt hat, so einen lebendigen und glücklichen Charakter haben konnte. Sie erinnerte mich etwas an Dee.

„Wie habt ihr euch kennengelernt?"

Jetzt musste auch ich lachen und erzählte ihr von meinem Abenteuer mit Akio. Wie wir das schlagende Herz gefunden, zusammengesetzt und zerstört hatten. Wie wir vor Drachen geflohen waren und gegen sie gekämpft hatten. Die stillen Momente, in denen wir allein gewesen waren, ließ ich allerdings aus.

$\mathcal{K}$apitel 19

Ein Knacken riss mich aus meinen Träumen. Blinzelnd öffnete ich die Augen. Leichte Sonnenstrahlen kämpften sich durch die einfachen Holzwände.

Langsam setzte ich mich auf. Samira war mitsamt ihrer Decke verschwunden. War sie etwa schon auf den Beinen? Gefühlt war ich doch gerade erst eingeschlafen.

Stöhnend schüttelte ich die Müdigkeit aus meinen Knochen und stand auf. Die Decke rollte ich zusammen und klemmte sie mir unter den Arm, als ich die Tür öffnete.

Samira war gerade dabei, Zin zu Satteln. Nira stand schon fertig am See und trat spielerisch ins niedrige Wasser. Dieses Pferd wirkte eher wie ein glückliches Kind, als wie ein zwei Meter großes Muskelpaket.

„Guten Morgen, Jamie", begrüßte mich Samira, während sie den Sattelgurt schloss.

„Morgen", murmelte ich. Langsam ging ich zu meiner grauen Stute. Als sie mich bemerkte, spitzte sie die Ohren und hob den Kopf. Wiehernd drehte sie sich zu mir und stapfte aus dem Wasser.

„Du bist wie ein Welpe, Süße", lachte ich, nahm ihre Zügel und führte sie zu Samira und Zin. „Danke, dass du schon alles fertig gemacht hast. Du hättest mich auch wecken können."

„Alles gut, das ist kein Problem. Ich mag die stillen Momente bevor die Sonne aufgeht." Ihre Stimme klang hell, aber irgendetwas dämpfte sie heute Morgen.

„Alles in Ordnung?"

„Ja." Eine kurze Pause. „Ich kann es nur immer noch nicht glauben, dass ich das hier mache."

„Das kann ich verstehen. Wenn es zu viel wird, sag Bescheid. Dann machen wir länger Pause."

Sie lächelte nur, während sie Zin über das weiche Fell strich. „Wir gehen das erste Stück zu Fuß. Dann können wir uns ein paar Beeren sammeln."

Nickend folgte ich ihr, pflückte immer wieder Beeren und Pilze und fragte Samira, ob diese giftig waren.

In langen Ausführungen erklärte sie mir die jeweilige Frucht und zeigte mir andere essbare Geschenke der Natur. Sie kannte sich ziemlich gut aus, was wahrscheinlich an den vielen Büchern lag, die sie in ihrem Haus gelehrt hatten.

Nach einer Weile stiegen wir wieder auf die Pferde und ritten im gemütlichen Schritt durch den Wald. Bei jedem tief hängenden Baum musste ich mich komplett auf Niras Rücken legen. Es war anstrengend und aufregend zugleich, durch diese fremde Natur zu reiten. Immer wieder trafen wir auf Vögel, die, laut Samira, Zähne wie Raubtiere hatten, oder auf Wesen, die einem Reh ähnelten, jedoch kein Fell, sondern Schuppen hatten. Ich fand diese Vermischung von Spezies aus unserer Welt höchst interessant, aber auch gruselig. Wie sie hier wohl zustande gekommen waren?

Nach ein paar Stunden mussten wir einen Flusslauf überqueren. Dieser gehörte zum Glück nicht zum Nekrothar, dem Fluss, in dem das tödliche Wou-Wasser strömte. Die Pferde stapften mutig durch das fließende Wasser, das selbst ihnen fast bis zum Bauch ging.

Danach ließen wir den Wald hinter uns und betraten eine weitere Ebene, die an einigen Stellen allerdings vertrocknet und leblos war. Es sah fast unwirklich aus, wie die Erde direkt neben saftigem Gras rissig und staubig war.

Ich sah nach vorn. Große Felsen ragten aus dem Horizont auf. Über uns schien mittlerweile die Sonne, die jedoch von trüben Wolken verdeckt wurde. Immer wieder tauchten Wale zwischen ihnen auf, die Botschafter dieser Welt.

Der Wind rauschte mir entgegen, heulte durch meine Ohrmuscheln. Samira gab wieder das Tempo vor und es wurde schnell zu einem stürmischen Galopp. Nira konnte jedoch gut Schritt halten und schien endlose Energiereserven zu haben. Ihre kräftigen Schritte donnerten nur so über den Boden und auf einmal fühlte ich mich unfassbar mächtig, als hätte ich ihre Energie und Stärke.

Bald wurde die Ebene felsiger. Nur noch vereinzelte Grasbüschel kämpften sich durch die steinerne Erde.

Wir ritten, bis die Sonne nur noch knapp über dem Horizont schwebte. Wir waren mittlerweile nur noch im Trab unterwegs. Die breite Ebene hatte sich in felsige Wege verwandelt, die Steine, die ich eben noch von weitem gesehen hatte, stiegen jetzt immer höher neben uns in den Himmel hinauf. Es war fast wie ein Labyrinth, doch die Pferde schienen den Weg zu kennen und gingen zielstrebig voran. Es war so eng, dass wir hintereinander reiten mussten, und so bildeten Nira und ich das Schlusslicht.

Ich dachte schon, wir würden noch bis in die Nacht hinein unterwegs sein, doch nach der nächsten Kurve wurden die spitzen Felsen wieder niedriger und ein stetiges Rauschen lag plötzlich in der Luft. Und dann hatten wir sie erreicht: Eine steinerne Brücke, die an den Seiten von Ranken übernommen wurde, erbaute sich vor uns. Alle paar Meter waren glühende Laternen an dem Brückengeländer angebracht. Das Licht der Laternen spiegelte sich in goldenen Verzierungen, die in die Brücke eingelassen waren.

Unter dem Übergang rauschte der Nekrothar. Er war sicher einige Kilometer breit. Immer wieder zogen sich seichte Lichtfäden durch das Wasser.

Auf der anderen Seite konnte ich nur einen Wald erkennen.

„Herzlichen Glückwunsch", sagte Samira und stoppte Zin. „Soweit ich weiß, bist du die erste Sterbliche, die es bis zu dieser Brücke geschafft hat."

Ich schluckte, konnte den Blick gar nicht von dieser Aussicht abwenden. Der Anblick war so surreal.

Meine Begleitung stieg ab. „Morgen wird ein langer Tag. Wir werden schon im Dunkeln aufbrechen, um nicht im dunklen Reich übernachten zu müssen."

„Ist es so gefährlich auf der anderen Seite?", fragte ich und schwang mich von Nira.

„Ja", antwortete sie und nahm Zin die Ausrüstung ab. Ich tat es ihr gleich. „Es gibt Dämonen – die Oni, die die Seelen von Lebenden stehlen, um sie als Sklaven zu halten. Nur Geschöpfe wie Drachen oder Egri können sich gegen sie wehren. Das Lebenslicht, das sie ihren Opfern stehlen, werfen sie in den Nekrothar und vergiften somit sein Wasser."

Ich dachte an den Angriff der zwei Dämonen in Eryndal. Sie hätten mich töten können.

Samira schien meinen besorgten Blick zu bemerken. „Aber die Oni haben, soweit ich weiß, abgegrenzte Reviere. Wenn wir es durch dieses geschafft haben, sind wir erst einmal sicher."

In dieser Nacht schlief ich unruhig. Das, was mich am nächsten Tag erwarten würde, beunruhigte mich, ließ meine Gedanken um nur eines kreisen: Die Angst zu versagen.

Die Nacht, die wir auf nichts weiter als den dünnen Wolldecken verbracht hatten, endete langsam und wir machten die Pferde wieder bereit. In den Satteltaschen hatten wir einige Dinge – Beeren, weiche Rinde, Pilze und Blumen – mitgenommen, und aßen sie jetzt zum Frühstück.

Die Stimmung war gespannt, sowohl Samira, als auch ich wussten nicht wirklich, was uns auf der anderen Seite der Brücke erwarten würde.

„Danke, Jamie", sagte Samira im nächsten Moment leise, „dass du mir hilfst. Ohne dich hätte ich nie eine Chance gehabt, Aeron wiederzusehen."

Ich lächelte. „Dank mir erst, wenn wir wieder heil auf dieser Seite des Flusses stehen."

Sie nickte. „Ich freue mich darauf."

Dann ritten wir los. Niras Hufe hallten laut über die steinerne Brücke. Mein Herz begann seine Schläge zu vervielfachen. Mit jedem Schritt, den meine Stute tat, webte sich mehr und mehr Angst um mich. Wir begannen zu traben. Das andere Ufer wurde immer deutlicher. Schwarzer, staubiger Grund, gezeichnet von Rissen, lauerte auf uns. Ein unterdrücktes Grollen rollte immer wieder über die Brücke, bis zu uns. Die Fäden der Angst zogen sich immer fester um meine Brust.

Tu es für sie, sagte ich zu mir selbst, *tu es für all die, um die du kämpfst.*

Das Ende der Brücke kam immer näher.

„Mach dich bereit für einen schnellen Galopp", kündigte Samira an. Auch ihr war ihre Nervosität anzumerken. „Wir müssen so schnell wie möglich durch den Wald kommen. Erst auf der anderen Seite beginnt das Gebiet der Egri. Dort sollten wir zumindest mit den Oni keine Probleme haben."

Nach diesen Worten sagte keiner von uns mehr etwas. Bis sich Niras Schritte auf einmal nicht mehr hoch und spitz, sondern dumpf anhörten. Wir hatten das dunkle Reich betreten.

Ohne länger zu zögern preschte Zin los. Ich musste Nira nicht einmal antreiben und sie stürmte direkt hinterher. Schwarze Staubwolken bauten sich hinter uns auf. Der Himmel war so schwarz wie vor Fuji, als wir um das schlagende Herz gekämpft hatten. Wie unwichtig diese Geschichte nun erschien.

Der Wald lag nur noch knapp vor uns, als ich plötzlich ein Grollen vernahm. Ich sah zurück und entdeckte eine gigantische Staubwolke, ausgelöst durch muskelbepackte, stierähnliche Kreaturen, die auf zwei Beinen auf uns zu stürmten.

Ich atmete, doch hatte das Gefühl, keine Luft mehr zu bekommen. Die rot leuchtenden Augen der Dämonen zogen bedrohliche Spuren in die Luft.

Die Pferde wurden noch schneller, spürten die Gefahr, die hinter ihnen her jagte. Sollten sie uns kriegen, würde es nicht bei ein paar Narben bleiben.

Im nächsten Moment wurde es kalt. Jeder Atemzug wurde durch die sinkende Temperatur enttarnt. Es fühlte sich an, als würde mein Innerstes gefrieren.

„Weiter!" Samiras Stimme hörte sich so weit entfernt an. Mir wurde schwindelig. Die Umrisse der Bäume vor uns verschwammen. Alles fühlte sich irgendwie so schwer an. Sitzen, im Sattel halten. Sehen. Atmen.

Gib jetzt nicht auf!, hörte ich die Stimme sagen, die diesen Satz schon so oft zu mir gesagt hatte, *Jamina, halte durch! Es ist nur noch der Wald!*

Ich kniff die Augen zusammen. „Ich vertraue dir", flüsterte ich zu Nira. Als hätte sie mich verstanden schnaubte sie kurz.

Langsam öffnete ich wieder die Augen. Vorbeiziehende Stämme verschwammen in meinen

Augenwinkeln. Zweige peitschten mir immer wieder ins Gesicht. Schnell duckte ich mich.

Wir waren im Wald! Doch wir wurden nicht langsamer. Die Pferde sprangen über die Unebenheiten des Waldbodens, preschten zwischen den Bäumen entlang. Schnell griff ich in Niras warme Mähne.

Lautes Donnern von brechendem Holz verfolgte uns. Schweiß lief an meinem Nacken nach unten, wurde von dem heißen Atem der Dämonen, die uns so nah waren, angetrieben.

Schnauben. Knacken. Brüllen.

Und plötzlich lichteten sich die Bäume. Der Himmel flackerte in den unterschiedlichsten Brauntönen. Schwarze Schlieren zogen sich über den verrußten Wald.

Langsam bremste Zin ab, Nira tat es ihm ohne mein Zutun gleich.

Endlich konnte ich wieder atmen, meine verspannten Muskeln ließen nach, arbeiteten gerade noch genug, um mich auf dem Pferd zu halten.

„Hast du das auch gespürt?", fragte Samiras zitternde Stimme. Ich brachte nur ein Nicken zu Stande.

Mein Blick wanderte zum Waldrand, keine zwanzig Meter vor uns. Etwa ein Duzend Oni tummelten sich an der Grenze zum offenen

Himmel. Scharrend und schnaubend brüllten sie uns entgegen, machten uns bewusst, dass sie genau dort auf uns warten würden.

Samira sah zu mir. „Geht es?"

„Ja, mir geht's gut", stammelte ich. Mein ganzer Körper war immer noch am Zittern. Ob vor Angst oder vor Kälte, wusste ich nicht. Doch langsam kehrte die Wärme in meine Adern zurück und mein Herz pumpte sie mühsam durch meinen ganzen Körper.

$\mathcal{K}$apitel 20

Wir ritten weiter, über den schwarzen Boden, der mit jedem Schritt der Pferde weitere Risse aufschlug. Es fühlte sich an, als wären wir seit der Brücke auf einem anderen Planeten gelandet, der von feindseligen Kreaturen bewohnt wurde. Und diese Kreaturen schreckten nicht davor zurück, uns ihre Macht zu demonstrieren.

Ich atmete tief durch. Die Luft war kühl und verteilte sich zäh in meinen Lungen. Mein Zittern ließ immer weiter nach und Niras gleichmäßige Schritte halfen mir und meinem Herzen.

Nach einer Weile wurden wir wieder schneller. Vereinzelte Büsche wuchsen trocken auf dem brüchigen Boden, wurden jedoch bald zu lebenspendenden Bäumen und Gewächsen. Saftige, dunkle Grüntöne im Einklang mit schimmernden Pilzen und farbvollen Blumen wucherten eifrig um die Wette.

Immer wieder huschten kleine Wesen zwischen den dünnen Ästen hin und her. Neugierig verfolgte ich die Schatten.

„Es sind Hasen", erklärte Samira, die meinen Blick scheinbar verfolgt hatte. „In unserer Welt sind sie mit Flügeln ausgestattet, die sie nach Belieben nutzen können. Doch sie sind sehr schüchtern."

Ich beobachtete weiter die Vielfalt dieses Waldes. Ein kleiner Fleck im dunklen Reich, der von den Schatten verschont wurde. Vögel zwitscherten glücklich, während kleine Eidechsen über den sanften Boden huschten. Wäre ich nicht unter diesen bedrohlichen Umständen hier, hätte ich diesen Anblick fast genossen.

„Ein falscher Schritt und eure Flucht vor den Oni war vergeblich." Bei der fremden Stimme zuckten Samira und ich zusammen. Wer war das? Erschrocken suchten wir die Baumlandschaft nach der Herkunft der tiefen, erhabenen Stimme ab. Ranken, die an den Ästen hingen, bewegten sich leise im Wind. Winzige insektenähnliche Tiere schwirrten zwischen den Stämmen.

Gerade dachte ich schon, ich hätte mir die Worte nur eingebildet, da trat ein Wesen, so groß, wie Nira und Zin, hinter den Bäumen hervor. Das Fell silbern, darauf schwarze Streifen, als wären sie mit Kohle gezogen worden. Eine kurze Stehmähne ging in einen längeren Schopf über. Aus diesem wuchs ein Horn empor, das so lang wie mein Arm und gespalten war, sodass es einen Abzweig hatte. Dieses Wesen, ein Egri, besaß die Anmut eines Königs und die Ausstrahlung eines Kriegers.

„Juner", flüsterte ich.

„Ganz recht", schnaubte dieser und trat weiter auf uns zu. Zin und Nira senkten die Köpfe. „Und ihr seid…?"

„Samira und Jamie. Wir brauchen deine Hilfe", erklärte ich mit bebender Stimme.

„Nun, das sagen viele. Die meisten kommen, um nach einer Träne zu fragen. Narren, die den Legenden Glauben schenken. Spätestens wenn sie diesen Wald wieder verlassen, sind sie tot."

Ich schluckte.

„Doch ihr scheint nicht diesen Legenden zu folgen." Misstrauisch begann er, uns zu umkreisen, wobei er durch seine Größe mit uns auf Augenhöhe war. Sein Kopf war so groß, wie mein gesamter Oberkörper. „Also, was wollt ihr?" Es klang fast wie das Zischen einer Schlange.

„Wir wollen den dunklen Erben zurückholen." Meine Stimme klang nun fester, als ich es erwartet hatte. „Wir wollen die Herrschaft des Regenten beenden."

Ein kehliges Brummen, das wohl ein Lachen war, ließ die Blätter der Bäume erzittern. „Und ihr glaubt, dass ich euch dabei helfen kann? Seit Jahrhunderten suchen die Bewohner dieses Reiches nach einer Lösung, die dunkle Regentschaft zu stoppen." Er stoppte neben mir. Eingeschüchtert wich ich ein Stück zurück. „Und nun glaubt *ihr*, dieses Reich aus den Schatten ziehen zu können?" Sein Blick ging etwas nach unten, blieb an meinem Hals hängen. Instinktiv senkte ich ebenfalls den Blick. „Du bist eine Freundin Alvas?", fragte Juner nun mit einem ungläubigen Unterton.

Ich nickte. „Alva selbst hat mir gesagt, wie wir den Erben beschwören können."

Juners Ohren wanderten nach hinten, seine Augen weiteten sich. „Du hast mit der siebten Göttin gesprochen?"

„Ich habe ihr für diese Information die Freiheit geschenkt. Wir brauchen das Blut der drei Wächter, um mit diesem den Bannkreis für den Erben – für Aeron – zu ziehen."

Für einen Moment herrschte Stille. Juner, dieser mächtige Wächter stand sprachlos neben unseren Pferden, schien lang über etwas nachzudenken. „Folgt mir", murmelte er schließlich und wandte sich von uns ab. Wir gehorchten ihm.

Der Anführer der Egri führte uns weiter in den verwunschenen Wald, zeigte uns jede Facette seines Reiches. „Als der Dreimond mich zu einem Wächter ernannt hatte, war mir klar, was meine Aufgabe sein würde. Ohne uns Wächter wäre das ganze Land in Schatten versunken. Wir wenden unsere gesamte Kraft dafür auf, unsere Gebiete vor der Dunkelheit des Regenten zu schützen." Vor einer riesigen Lichtung blieb er stehen. Erst Kilometer vor uns begann der Wald wieder. Über uns leuchteten sachte Farben im Himmel, kämpften umringt von Schatten gegen die ewige Nacht. „Die Götter hatten unsere einzige Hoffnung auf eine Erlösung verbannt. Doch wo man Hoffnung verliert, keimt Glaube." Er sah zu uns. „Befreit den Erben. Dieses ganze Reich *glaubt* an euch." Damit schloss er die Augen. Als er sie ein paar Herzschläge später wieder öffnete, floss eine rote Träne an seinem Kopf herab. Schnell kramte Samira ein kleines Fläschchen aus ihrer Satteltasche, sprang von Zin und ging langsam auf

Juner zu. Dieser senkte langsam den Kopf, kniff die Augen erneut zusammen. Gespannt sah ich zu, wie Samira sein Blut auffing.

„Vielen Dank", sagte sie gütig und schloss das Fläschchen.

Juner schnaubte tief, als er den Kopf wieder anhob. Dann drehte er sich zur Ebene, stellte sich auf die Hinterbeine und gab ein donnerndes Geräusch von sich. Seine riesige Gestallt senkte sich wieder, seine Hufe kamen krachend auf dem Boden auf.

Eine dröhnende Antwort wallte in einem Windstoß zu uns, drückte das Gras auf den Boden, als würde es sich vor ihm verneigen. Der Himmel, der in den Farben eines Sonnenuntergangs leuchtete, verformte sich. Zwischen den Farben bewegte sich eine dunkle Kreatur, wand sich durch die Wolken und glitt in unsere Richtung. Merkjur, der Herrscher der Drachen, nahm Gestalt an. Sein schlangenartiger Körper wand sich durch die Luft. Wie schwerelos sank er auf die Erde. Er war gigantisch. Neben ihm sahen wir sicher aus wie kleine Schachfiguren, die jederzeit von ihm vom Spielbrett geworfen werden konnten.

Lange Fäden zogen sich von den Nüstern des Drachens nach hinten. Ein paar Meter vor uns stoppte er. „Juner." Seine tiefe Stimme war wie das Donnern eines Blitzes. Er blinzelte einige Male, was ihm irgendwie etwas Ungefährliches verlieh. „Du rufst mich zu dir?"

„Merkjur. Die siebte Göttin wurde befreit." Juner sah zu uns. „Sie wissen, wie Aeron befreit werden kann."

Ein erstauntes Brummen drang über die Ebene. „Ihr wisst tatsächlich, wie ihr unser Reich aus den Schatten holen könnt?" Die Miene des Drachen lockerte sich, wodurch er auf einmal fast freundlich wirkte.

Von seiner Größe in die Knie gezwungen, nickte ich mechanisch. Er war sicher zehn Meter hoch.

„Die Antwort liegt im Blut von uns Wächtern. Aus ihm muss der Bannkreis gezogen werden", erklärte Juner. „Die Antwort lag die ganze Zeit bei uns."

Der Drache vor uns rekelte sich. Seine schwarzen Schuppen spiegelten das himmlische Licht wieder. Er schloss die Augen. Für einen sehr langen Augenblick schwieg er, ließ uns auf seine Zustimmung warten.

„Juner", begann er schließlich. „Diese Mädchen sind nur... *Mädchen*. Du weißt gar nicht, wie absurd es klingt, dass sie Aeron befreien können."

Neben mir trippelte Juner aufgeregt auf der Stelle, den Kopf gen Himmel gerichtet, direkt in Merkjurs Blick. „Alva persönlich hat es ihnen gesagt."

Der Drache stutzte. „Das könnte mir auch jeder dahergeflogene Wal erzählen."

„Sie haben einen ihrer Gegenstände, Merkjur. Sie sagen die Wahrheit."

„Was sie sagen ist wirklich…" Das Maul des Drachen stand etwas auf. Erneut erklang ein tiefes Brummen, das meine Knochen vibrieren ließ. „Ihr könnt also diesem Reich endlich einen ehrenhaften Herrscher geben? Und ihr braucht unser Blut dafür?"

Wieder brachte ich nur ein eingeschüchtertes Nicken zu Stande. Der zweite Wächter hob den Kopf weiter an, sodass dieser mit dem Himmel zu verschmelzen schien. Dann, im nächsten Moment schlug uns eine unfassbare Hitze entgegen und aus dem Maul des Drachen donnerte ein gigantisches Flammeninferno. Das Feuer versengte die obersten Baumkronen, breitete sich jedoch nicht aus, als stände jede einzelne Flammenzunge unter Merkjurs Kontrolle. Ruß stieg in den Himmel auf, nachdem die Flammen versiegt waren.

Der Drache senkte den Kopf, bis sein gigantischer Schädel, der uns immer noch um Meter überragte, direkt vor uns lag. Langsam öffnete er das Maul. An einem seiner tödlichen Eckzähne leckten Blutstropfen nach unten. Sofort holte Samira ein weiteres Glasfläschchen hervor und fing einige Tropfen auf.

„Sollte dieses Reich bald nicht seinen Erben zurück haben, werde ich euch finden und für diesen Betrug bestrafen."

Ich schluckte und sah zu Samira. Ihr entsetztes Gesicht spiegelte meines wieder.

„Ich werde darauf warten", erklärte der Drache und hob sich schwerelos in die Lüfte. Langsam vermischte sich seine schwarze Gestalt mit den bunten Farben.

Ich atmete auf.

Mit dem Blut zweier Wächter ritten Samira und ich weiter durch den Wald, folgten Juner und dem leisen Rauschen des reißenden Wassers. Keiner von uns sagte mehr etwas, die Anspannung war besonders dem Herrscher der Egri anzumerken. Starr marschierte er durch das Unterholz. Immer wieder warfen Nira und Zin nervös die Köpfe nach oben. Mit Sicherheit rochen sie Juners Angst. Die Angst, dass all die greifbare Hoffnung doch noch enttäuscht werden könnte. Die Angst, dass sein Reich weiter vom Regenten der Schatten in Dunkelheit verhüllt blieb. Wohlmöglich auch die Angst um sein Volk.

Wir bewegten uns nur langsam, in einem vorsichtigen Schritt vorwärts, obwohl die Zeit, bis der Regent der Schatten die Erde angreifen könnte, immer kürzer wurde.

Es dauerte eine gefühlte Ewigkeit, bis wir direkt am Ufer des Flusses standen.

„Wir steigen lieber ab". Meinte Samira und schwang sich von Zin. „Die Pferde sollten nicht in die Nähe des Nekrothar kommen."

„Ist das Wasser wirklich so giftig für euch, wie man es sich hier erzählt?", fragte Juner mit dumpfer Stimme.

„Meine Freundin wurde damit vergiftet. Fast wäre sie daran gestorben." Meine Stimme klang härter, als ich es beabsichtigt hatte, also schob ich ein schnelles „Aber jetzt geht es ihr zum Glück wieder gut." hinter her.

Dann ließ ich mich von Niras Rücken gleiten und strich ihr noch einmal über die Stirn. „Warte hier, meine Süße."

Mit diesen Worten wandte ich mich ab und folgte Samira und Juner zu den steilen Felsen, die von dem abprallenden Wasser glatt geschliffen waren.

Juner ging an uns vorbei, senkte den Kopf und berührte die Fluten mit seinem Horn. Es war so ein surrealer Anblick, ein Egri – ein Einhorn – mit einer solch echten Macht zu sehen.

Ich trat noch einen Schritt näher an die Felsen. Kleine Steine rollten die steilen Klippen nach unten und landeten mit einer Wucht in den Wellen. Auf der anderen Seite des Nekrothar sah ich vereinzelte Bäume. Kleine leuchtende Flecken schimmerten hinter ihnen hindurch. Ob es die schimmernden Steine von Samiras Haus waren? Standen wir gerade genau auf der anderen Seite des Flusses? An der Stelle, an der ich vorgestern noch die leuchtenden Pilze entdeckt hatte?

Ich raufte mir durch die Haare. Juner war etwas zurückgetreten. Kurz überlegte ich, ob Neponox wohl kommen würde. Ob er uns sein Blut geben und damit die Rückkehr des dunklen Erben ermöglichen würde. Nichts geschah.

Dann, im nächsten Moment, wurden die Wellen stärker, der Wind frischte auf. Ich sah die etwa anderthalb Meter hohen Felsen nach unten, zum tobendem Wasser. Eine schwarze Silhouette wand sich zwischen den spitzen Steinen. Als das Wasser vor mir niedriger wurde, kam eine glänzende Haut zum Vorschein.

Kleine blaue Punkte durchbrachen die feinen Schuppen, als wären sie ein Abbild des Firmaments. Langsam erhob sich der Herrscher des Nekrothar aus dem Wasser. Er sah fast aus wie ein Orca, nur dass die weißen Stellen nicht vorhanden waren.

„Ein Mensch", raunte eine Stimme, die höher war, als ich es erwartet hatte. „Was verschafft mir die Ehre, von dir gerufen zu werden, Juner?" Er drehte sich ein Stück, sodass er uns mit einem Auge sehen konnte.

Ich holte Luft und erklärte es ihm. Aufmerksam hörte er zu, unterbrach mich kein einziges Mal.

„Ich soll euch also mein Blut geben...", murmelte er.

„So ist es", sagte Samira und strich sich dabei eine blonde Strähne hinters Ohr.

Die Wächter sahen sich an. „Das Geflüster des Windes ist also wahr." Neponox schloss kurz die Augen. Leise schwappte das Wasser an die Felsen. „Zwei Mädchen werden Aeron zurückholen. Das Kind, das allein in Dunkelheit aufgewachsen war." Durch die Wellen hob und senkte sich Neponox' Körper im Wasser. „Jeder des dunklen Reiches kennt ihn. Und jeder, der bei Verstand ist, wünscht sich, dass er sein Erbe antritt. Der Regent der Schatten hat dieses

Reich in Schatten gehüllt." Er sah auf. Schwarze Wolken verhüllten den blauen Himmel. „Nach und nach bricht die Erde dieses Reiches unter uns zusammen. Pflanzen sterben. Freunde gehen." Er schwamm noch ein Stück näher an uns heran. „Gebt uns mit meinem Blut den Frieden zurück. Doch versprecht mir eins…" Aufmerksam sah ich in sein uns zugewandtes türkises Auge. „Besucht mich, wenn ihr es geschafft habt, Aeron zurückzuholen."

Bei diesem einfachen Wunsch stahl sich unmittelbar ein Lächeln auf meine Lippen. Dieses Reich hatte zu lang im Dunkeln gelebt.

Samira beugte sich vor, versuchte behutsam, eine Schuppe zu lösen. Gerade wollte ich sie warnen, nicht mit dem Wasser in Berührung zu kommen, doch sie schien sich ihrer Sache bewusst zu sein. Ihre Haut wurde auch nicht weiß, als sie eine Schuppe gelöst hatte und mit einem weiteren Fläschchen das Rinnsal des Blutes auffing.

„Danke, Neponox."

„Ich danke euch." Er tauchte kurz ab, erhob sich dann wieder und blies mit einem Schnauben einen feinen Regen in die Luft.

Erschrocken stolperte ich zurück, verlor das Gleichgewicht und… landete in zwei starken Armen, die mir wieder auf die Füße halfen.

„Vorsicht Löckchen." Bei seiner Stimme setzte mein Herz aus und ich drehte mich blitzschnell um.

„Akio!" Überglücklich fiel ich ihm in die Arme. Er war wirklich hier! Sein Herzschlag hämmerte gegen meine Brust, sein Atem strich durch meine Ohrmuschel.

„Wie hast du–", setzte ich an, stoppte jedoch, als ich Dee und Finley ein Stück weiter weg neben Yuki stehen sah. „Ihr seid gekommen. Aber woher wusstet ihr, wo wir sind?"

Ruhig nahm er meine Hände in seine. „Wale haben uns auf dem Laufenden gehalten." Er hob eine Hand und legte sie an meine Wange. Dann senkte er den Kopf und küsste mich. Ich ließ mich fallen, lehnte mich gegen seine starke Brust und erwiderte den Kuss freudig.

„Lass uns das verschieben, bis wir den dunklen Erben befreit haben", flüsterte er mir leise ins Ohr.

„Das nehme ich als Versprechen", erwiderte ich. Ich sah über seine Schulter. Aufgeregt zwang ich mich, mich von Akio zu lösen und rannte auf meine Freunde zu. Ich umarmte alle nacheinander, selbst Yuki, der überrascht die Arme um mich legte. Langsam trat ich zurück und sah aus den Augenwinkeln Samira, die uns schüchtern zusah.

„Wir haben das Blut aller drei Wächter. Wir müssen nur noch den Bannkreis ziehen", fasste ich zusammen. Mein Blick ging zu meiner Begleiterin. „Samira hilft uns."

Yuki räusperte sich. „Es freut mich, dich wiederzusehen."

Samira nickte nur.

Eine unangenehme Stille entstand, bis ich wieder das Wort erfasste. „Das Rätsel besagt, wir müssen den Bannkreis dort ziehen, wo das dunkle begann." Ich sah zu Juner.

Dieser trat vor. „Wir müssen in das Gebiet der Oni."

$\mathcal{K}$apitel 21

Zu sechst ritten wir mit Juner zusammen los. Akio, Dee, Finley und Yuki waren ebenfalls mit Pferden gekommen. Doch trotz unseres zügigen Tempos dauerte es viel zu lang, bis wir den kohlschwarzen Wald erreichten. Jenen, durch den Samira und ich eben noch verfolgt worden waren. Angespannt sah ich mich um, ging jeden Zwischenraum der Bäume ab. Kein Oni zu sehen.

„Wir sind weiter oben durch den Wald geritten. Dort hatten sie uns gejagt. Wenn wir uns beeilen, bemerken sie uns nicht direkt." Selbst Yukis Stimme bebte. Er wusste, wie viel auf dem Spiel stand. Unsere Leben. Das des dunklen Erben. Jedes Leben, das sich in den letzten Sonnenstrahlen des dunklen Reiches befand.

Unsicher vergrub ich die Finger in Niras Mähne. Wir waren nun zwar mehr, doch dadurch nahmen meine Sorgen, jemand könnte sich dabei verletzen, nur zu.

Diese Reise hatte uns über zu viele Hürden gehetzt, und diese war sicherlich nicht die letzte. Sollten wir es schaffen, Aeron von seinem Fluch zu befreien, musste dieser immer noch den Thron seines Vaters besteigen. Und der würde sicher nicht glücklich über die Rückkehr seines Sohnes sein.

Die ersten Äste knackten, als die Pferde mutig in den Wald schritten. Sonst war es still, keiner traute sich, ein Wort zu sagen. Selbst Atmen kam mir zu laut vor. Der Wald war pechschwarz, als wäre er niedergebrannt worden und hätte sich nie wieder erholt.

Asche schwebte wie Schnee in der Luft, fiel schwerelos durch das karge Geäst über uns. Mit gesenktem Kopf ritten wir durch das plattgetrampelte Unterholz.

Bis weitere dumpfe Geräusche sich unter die Schritte der Pferde mischten. Mein Herz wurde schneller. Die mir bekannte, kalte Angst, die schon auf dem Hinweg ihre Fäden um mich gewickelt hatte, schnürte diese nun erneut fest zu. Ein Schauer lief mir über den Rücken. Sie waren hier.

Ich wollte nicht zurücksehen, aber mein Überlebensinstinkt zwang meinen Blick nach hinten. Die riesigen Dämonen verfolgten uns. Jedoch nicht offensiv, wie das letzte Mal. Nein, sie hielten sich geduckt hinter den Bäumen auf, schlichen leise hinter uns her. Vielleicht dachten sie, wir würden sie nicht bemerken, doch ihre feurigen Augen verrieten sie.

Die Pferde wurden hektisch, trippelten unruhig voran. Dann stürzten die Oni los. Ihr Angriff war so plötzlich, dass ich es erst Sekunden später realisieren konnte, als Nira schon im gestreckten Galopp durch den Wald hetzte. Ich lehnte mich nach vorn, krallte mich in ihrer Mähne fest. Die Anderen galoppierten vor und neben mir, rissen bei dem Tempo Äste und Zweige mit sich. Die Oni jagten uns. Und das wahrscheinlich bis zum Tod.

Der Abstand zwischen uns und den Dämonen wurde immer geringer. Ich sah nicht zurück, aber ihre Schritte wurden lauter und lauter. Durch ihre Größe hatten sie hoffentlich mehr Probleme, sich durch die Bäume zu schlagen.

Endlich lichteten sich die vorbeiziehenden Stämme. Wir hatten es zumindest durch den Wald geschafft. Die breite schwarze Ebene eröffnete sich vor uns, die Pferde beschleunigten. Neben mir sah ich Finley, der sich einigermaßen sicher im Sattel hielt. Sein Gesicht war vor Schmerz verzogen. Ich versuchte zu atmen. Auch mir schnürte die Kälte die Kehle zu, aber ich trug auch göttliches Blut in mir. Ich wollte gar nicht wissen, wie grausam die Schmerzen für die Anderen sein mussten.

Plötzlich sah ich einen schwarzen Schatten aus den Augenwinkeln. Ich drehte meinen Kopf wieder zu Finley. Neben ihm jagte ein Oni heran, holte aus und traf Finley vollkommen überrascht. Ich schrie auf, beugte mich zurück, als mein Freund bewusstlos von dem Rücken seines Pferdes geschleudert wurde. Sofort versammelten sich andere Oni um ihn.

Ohne darüber nachzudenken, ließ ich mich von Nira fallen. Hart landete ich auf dem brüchigen Boden, rollte mich aber genug ab, sodass hoffentlich keine Knochen gebrochen waren. Zwei Dämonen jagten den anderen nach, zu viele kreisten um Finley.

Ich lief los, was sich, im Vergleich zu Niras Geschwindigkeit, wie in Zeitlupe anfühlte. Ich hatte keinen Plan, den ich umsetzen konnte, wenn ich die Dämonen erreichte. Ich hatte nicht einmal eine Waffe, die ich gegen sie richten könnte. Aber ich konnte Finley doch nicht diesen Monstern überlassen!

Ich erreichte den zerstörenden Kreis aus Oni, der sich um meinen Freund gebildet hatte. Es waren mindestens acht von ihnen.

„Hey! Dämonen! Ich bin hier!", schrie ich.

Was tust du da?!, fragte mich meine sehr weise innere Stimme. *Sie werden dich umbringen!*

Das stimmte.

Die stierähnlichen Köpfe hoben sich, die brennenden Augen waren auf mich gerichtet. Langsam gingen sie mit donnernden Schritten auf mich zu. Schon nach einem Atemzug lagen nur noch wenige Meter zwischen uns. Ihre enorme Größe wurde mir erst jetzt wieder bewusst.

„Jamie!" Eine Stimme von rechts. Donnerndes Aufkommen von Hufen, auf diesem rissigen Boden, näherte sich. Mein Blick ging nur langsam zu seinem Ursprung. „Nimm meine Hand!" Akio stürmte an mir vorbei, streckte die Hand nach mir aus, die ich perplex ergriff. Mein Freund zog mich hoch, bis ich hinter ihm saß und mich an ihm festkrallte. Er lenkte um die Dämonen herum, zu Finley, der nun schutzlos da lag. Die Oni folgten uns, doch bevor sie uns erreichen konnten, stellte Juner sich ihnen in den Weg.

Ich sprang ab, rannte die letzten Schritte zu Finley. Auf seinem Bauch sammelte sich Blut. Drei tiefe Schnitte, verursacht durch die Klauen eines Dämon, schienen durch die zerrissene Kleidung. Sofort legte ich die Hände auf seine Wunden.

„Jamie." Als er sprach, lief Blut aus seinem Mund. Er wollte weiter sprechen, doch ich stoppte ihn.

„Alles gut. Es wird alles wieder gut." Tränen brannten in meinen Augen. „Du musst noch kurz durchhalten, Finley. Nur ganz kurz."

Für einen Moment sah er mich an. Seine haselnussbraunen Augen wurden matt, seine Brust hob sich nur noch langsam.

„Du schaffst das."

In dem Moment stoppten die Anderen bei uns. Sie hatten es gerade so geschafft, bevor sich die Oni an Juner vorbeidrängen konnten. Immer wieder hörte ich das Brüllen der Dämonen und Juners donnernde Hufe. Die Oni würden uns keine Ruhe lassen, doch wir konnten Juner kaum unterstützen. Ich war hin- und hergerissen, zwischen dem Leben von Finley und dem von uns allen. Meine Gedanken fanden erst einen festen Punkt, als ein lautes Grölen durch den Himmeln zuckte. In dem dunklen Himmel erkannte ich ihn erst spät, doch er war hier. Merkjur senkte sich auf den Boden herab, griff mit den todbringenden Klauen nach den Dämonen und riss sie von ihrer Stellung. Die Wächter beschützten uns.

„Was ist passiert?", fragte Yuki, sprang vom Pferd und ging vor Finley auf die Knie. Ich nahm meine Hände von Finleys Blutung, damit Yuki mich ablösen konnte.

Finley holte ein letztes Mal Luft. „Wehe, du tust Dee etwas." Er sah dabei Yuki an.

„Ich rette dir gerade das Leben, junger Sterblicher." Der Gott schloss die Augen, ließ seine Energie in Finley fließen. „Außerdem könnte ich ihr nie etwas antun."

Damit schloss Finley die Augen. Tränen flossen, über meine Wangen. Unkontrollierte Schluchzer ließen meinen Körper zusammenzucken.

Yuki sah weiter konzentriert auf die Wunden und begann, leise Wörter zu murmeln.

Akio kniete neben mir, legte mir tröstend einen Arm um die Schultern und zog mich an sich. Dee und Samira standen hinter Yuki.

Finleys Haut wurde grau, die letzten arbeitenden Muskeln sackten zusammen.

Ich verkrampfte mich, schluchzte so laut, das es über die gesamte Ebene hallte. Nein, nein, nein. Nicht Finley. Nicht der Junge, mit dem ich seit dem Anbeginn meiner Zeit befreundet war. Mit dem wir Canasta gespielt und auf der Silvesterparty gewesen waren. Der diese tödliche Reise auf sich genommen hat, um mir zu helfen.

Yukis Hände begannen zu zittern. Dann nahm er sie langsam weg, richtete sich auf. Er schloss die Augen. In mir zerbrach etwas, zersplitterte und konnte wohl nie wieder zusammenwachsen. Tränen, so furchtbar bittere Tränen, strömten an meinem Gesicht herab. Meine Sicht verschleierte sich, Finleys Gestalt verschwamm.

Plötzlich schreckte dieser hoch, schnappte nach Luft und riss die Augen auf. Mein Herz machte einen Satz, weitere Tränen verboten mir die Sicht.

Schnell stützte ich Finley. Verwundert sah er zu uns, dann auf seine Verletzungen. Seine Kleidung war nach wie vor von seinem Blut durchtränkt. Vorsichtig zog er den Saum seiner Tunika etwas hoch. Seine Haut war geschlossen.

Überglücklich fiel ich ihm in die Arme. Auch Dee kniete sich neben ihn.

„Ein richtiger Frauenheld", hörte ich Yuki murmeln.

„Wie wäre es, wenn ihr endlich den Bann-kreis zieht?" Juners Stimme klang angestrengt. Schnell lösten wir uns voneinander und halfen unserem Freund auf die Beine.

Finley war gerettet, doch das dunkle Reich war es noch lange nicht. Aber es würde auch nicht mehr lange warten müssen.

Kapitel 22

Vorsichtig ließen wir Tropfen für Tropfen des Blutes der Wächter auf die schwarze Erde fließen. Wir verbanden die Rinnsale miteinander. Es war kein perfekter Kreis, doch es erfüllte seinen Zweck. Samira und ich Schritten zurück. Wir hatten das Blut jedes Wächters in einem kleinen Fläschchen, wie sie in Samiras Haus in Mengen zu finden waren, mitgenommen und nun, wie die weise Dame es mir gesagt hatte, einen Kreis aus Blut daraus gezogen.

Nichts passierte.

„Müssen wir vielleicht eine Formel oder so etwas sagen?", fragte Samira.

„Nicht, dass ich wüsste, die–" Ich wurde von einem Rauschen unterbrochen.

Das Blut begann zu brennen. Kleine Flammen wurden zu einem Inferno, das unser aller Köpfe überragte. Kleine Explosionen ließen die Erde erbeben, erzeugten weitere Risse, die sich bis zu uns zogen.

Die Hitze schlug mir entgegen, trieb mir den Schweiß auf die Stirn. Ruß stieg in den Himmel auf und verwob sich mit den schwarzen Schlieren.

Das dunkle Reich holte sich seinen Erben zurück.

Die Flammen wanderten höher, schlossen sich oben zu einem einzelnen Feuer zusammen und gaben keinen Blick mehr auf das Innere des Kreises frei. Wind heulte, stürmte um uns herum und brachte das zündelnde Feuer zum tanzen. Gleichzeitig senkte sich der Himmel herab, sodass die dunklen Wolken immer näher kamen.

Ich hielt den Atem an, tastete nervös nach Akios Hand. Er nahm sie an, begann leise Kreise mit dem Daumen über meinen Handrücken zu ziehen. Eine so leichte Geste, die im vollkommenen Widerspruch zu dem stand, was hier gerade vor sich ging.

Schlagartig durchbrach ein kehliges Schreien das Knistern der Flammen und das rauschende Duett des Windes und des Nekrothar.

Im Hintergrund konnte ich die Brücke erkennen, in dessen goldenen Elementen sich das Feuer spiegelte. Die Luft war zum Zerreißen gespannt.

Und im nächsten Moment war alles schwarz. Das Feuer erlosch, der Wind brach zusammen, der Fluss stand still. Das Schwarz der Wolken zog sich zusammen, fixierte einen Punkt und senkte sich in den verbrannten Blutkreis herab. Über uns breitete sich ein strahlendes Himmelblau aus, wie ich es noch nie gesehen hatte. Geblendet hielt ich mir die Hand über die Augen, um das Geschehen weiter beobachten zu können.

Aus den Wolken vor uns wurde eine Form. Zwei Arme lösten sich, nahmen Gestalt an. Ein Körper entstand, schwarze Haare, wie Akio sie hatte, dunkle Haut, aschgraue Augen.

Der dunkle Erbe stand vor uns.

„Aeron!" Samira rannte auf ihn zu und nahm ihn in die Arme. Seine Augen leuchteten auf, als würde das Feuer in ihnen weiter brennen.

„Sam." Es zerbrach mir das Herz sie so glücklich zusammen zu sehen und dabei zu wissen, dass sie so lang getrennt waren.

Ich lehnte mich an Akio, genoss seine Nähe, die ich so lang vermisst hatte.

Das Brüllen der Dämonen durchbrach den Moment. Juner wich hilflos zur Seite, als die Oni vorstürmten und ihn überrumpelten. An Merkjur bissen sie sich fest, zerkratzten seine Haut und seine Schuppen. Die Luft wurde wieder kälter, aber bevor die Wesen uns gefährlich wurden, löste Aeron sich etwas von seiner Geliebten, hielt sie noch mit einem Arm an sich gedrückt, und hob den anderen Arm, die Hand gerade nach den Oni ausgestreckt. Prompt wurden diese langsamer und sahen verwirrt zu dem mächtigen Menschen – oder was immer Aeron sein mochte – der mit so einer einfachen Geste die Kontrolle über sie gewann. Schließlich blieben sie fast neben uns stehen, sodass ihr Atem den Staub vor uns aufwirbelte. Ich wich zurück, die roten Augen der Dämonen wirkten, als hätten sie durch das ständige Wechseln der feurigen Farbtöne, ein Eigenleben. Sie waren mit jeder Faser auf Aeron fixiert, schlugen sich im nächsten Augenblick nacheinander mit der Faust auf die Brust und knieten sich auf den staubigen Boden. Sie hatten ihren neuen Herrscher gefunden.

Langsam zogen sie sich wieder zurück, brüllten in den Himmel, was fast freudig klang. Ein stolzes Grinsen zog meine Mundwinkel nach oben. Wir hatten den dunklen Erben befreit, wodurch Samira ihre große Liebe und das dunkle Reich seinen Erben zurück hatte.

Die zwei Wächter, die uns unterstützt hatten, stellten sich vor uns. Merkjur verzog das Gesicht. „Sieht so aus, als hättet ihr tatsächlich die Wahrheit gesagt."

„Danke", sprach Juner die Worte aus, die Merkjur scheinbar nicht in den Mund nahm. „Der erste Schritt zur Herrschaft des Erben ist getan."

Beide neigten die Köpfe. Ich würdigte ihre Worte mit einem aufrichtigen Lächeln, bevor Merkjur sich in den Himmel aufmachte. Juner sah ihm nach, blieb jedoch noch bei uns.

Ich hätte gelacht, vor Erleichterung, es wirklich geschafft zu haben, doch plötzlich hallte ein Zischen über die schwarze Ebene. Ich zuckte zusammen. Aeron sah auf. Schnell, sah ich hinter ihn und… konnte meinen Augen nicht glauben.

Tane stand, mit ausgestreckter Hand, die geradewegs auf den Bannkreis gerichtet war, mit den anderen beiden Göttern, etwa zwanzig Meter von uns entfernt.

Der dunkle Erbe sprang auf die Beine, richtete seine Macht gerade noch rechtzeitig gegen Tanes. Es war ein Zusammenstoß von goldener Energie und dunkelster Nacht.

„Nein!", schrie Samira wütend in die Richtung der Götter.

Diese kamen näher, während Tane weitere Blitze auf Aeron abfeuerte. Der Erbe baute eine Schattenwand auf, die nicht einmal das strahlende Blau des Himmels passieren ließ.

Wut verzerrte Tanes Gesicht, als er vor uns stehen blieb. „Was machst du hier?" Seine Stimme klang wie pure Macht, tief und wütend. Für einen Moment stoppte er seine Angriffe, sah von Samira zu Yuki. „Zu dir komme ich später."

Der Gott der Wahrheit schritt vor. „Nein Tane. Ich habe mich lange genug in deinem Schatten versteckt. Du sagst mir nicht, wie ich die Ewigkeit verbringe. Dass du sie aufgegeben hast, ist deine Sache. Nicht meine."

Tane schnaubte, drehte sich von ihm weg und richtete seine Hand wieder auf Aeron. Die Schattenwand wurde breiter, verdichtete sich, und schoss dann einige Pfeile aus Dunkelheit gegen die Macht des Gottes.

Samira sprang auf, stellte sich zwischen die Mächte der Kämpfenden. Sofort zog Tane seine Kräfte zurück. „Hör auf, Vater! Wenn du ihn töten willst, musst auch mich töten."

Moment. Vater? Tane konnte niemals der Vater von Samira sein. Niemals…

Aluna stellte sich neben Samira. „Und mich auch", sagte sie so bestimmt, dass Tanes wütender Blick bröckelte.

Ich sah zwischen den dreien hin und her, bis es mir, wie ein Schlag ins Gesicht, entgegen sprang. Vor mir stand eine Familie. Samira hatte Alunas Blonde Locken und Tanes Gesichtszüge. Deshalb lebte Samira schon so lang. Weil sie ein Kind der Götter war. Unsterblich verliebt in den Sohn des Feindes ihrer Eltern.

Langsam ließ Tane seine Hand sinken. Er drehte sich um, sah in die Gesichter aller Anwesenden, während Samira langsam zurück zu Aeron schritt.

„Du kannst nicht mit ihm zusammen sein, Samira." Tanes Stimme vibrierte förmlich. „Er mag dieses Reich retten können, doch dich würde er mit sich in die Dunkelheit ziehen."

„Das ist nicht wahr." Aeron reckte das Kinn neben Samira und legte sein Hand auf ihre Schulter. Seine Stimme war rau und bestimmt. „Mein Vater brachte dieses Reich aus dem Gleichgewicht. Damals hatte er mich einsperren können. Jetzt habe ich meine vollständigen Kräfte. Ich werde um den Thron des dunklen Reiches kämpfen. Und das mit niemand anderem zusammen, als dem Mädchen, dem ich schon vor Jahrtausenden meine Liebe geschworen hatte."

„Du bist die Ausgeburt der Dunkelheit. Du hattest meine Tochter fast getötet. Du kannst nicht lieben", brüllte Tane, „Und schon gar nicht eine Göttin."

„Ich hatte nie die Absicht, Samira zu töten. Es war ein Unfall gewesen", Aerons Stimme klang mächtig, brach aber bei seinen letzten Worten.

„Ein Unfall, bei dem du Samira *nicht* beschützen konntest."

„Ich hatte ihr bloß mein Reich zeigen wollen. Mein Vater hatte die Oni erschaffen und sie auf uns gehetzt. Ich wusste nicht …"

„Du wusstest nichts! Und das tust du immer noch nicht." Kurz atmete Tane durch, hob dann jedoch wieder die Hand zum Angriff. „Ich wähle lieber den Untergang dieses Reiches, als dich an der Seite meiner Tochter."

Es war dieser Moment, in dem ich beschloss, diesen Gott zu hassen. Tane wählte sich selbst vor einem ganzen Reich. So etwas tat kein Anführer.

Wie recht du doch hast, flüsterte eine ruhige Stimme. Ich sah auf, löste mich kurz von dem Streit, der vor mir stattfand.

Ein silbernes Schimmern tauchte vor uns auf. Ich kannte es. Es war das gleiche Licht, wie jenes, als die weise Dame mir den Schlüssel zum Stein des Dreimonds gegeben hatte.

Und tatsächlich löste sich aus dem Licht eine wunderschöne Frau, um Jahrzehnte jünger, als die weise Dame, doch ich erkannte sie. Ich erkannte die grünen Augen, die langen roten Locken und das verschmitzte Grinsen. Sie trug ein cremeweißes Kleid, dessen Lagen nach hinten wehten.

„Alva", hauchte Ean und kam einige Schritte auf sie zu. Ihn hatte ich ganz vergessen, verdrängt, dass ich von seinem Blut war.

„Spar dir deine Worte, Brüderchen." Sie winkte ab und ging zielstrebig auf Samira und Aeron zu. Doch ich bekam bestätigt, was mir Alvas Aussehen bestätigte. Die siebte Göttin, ein weiteres Geschwisterpaar unter diesen Heiligen. Und ein weiterer Teil von der Familie, die ich nie kennengelernt hatte.

Kurz trafen sich unsere Blicke. Ein leises Lächeln erschien auf ihren Lippen, bevor sie sich zu den Herrschern des Li-Reiches stellte.

Verblüfft sah Tane zu der verbannten Göttin. „Du bist frei", stammelte er und senkte seine Hand wieder.

„Gut erkannt, Tane. Ich bin frei, doch solltest du diesen jungen Mann dort umbringen, weil dir die Beziehung zwischen ihm und deiner heimlichen Tochter nicht passt, wird dieses Reich immer noch gefangen sein."

Sprachlos sah der Gott des Kampfes in Alvas Richtung.

„Wir haben sie zu lang versteckt." Aluna ging auf Tane zu. Dieser wandte den Blick zu ihr. „Es ist Zeit, dass die Bewohner Eryndals von ihr erfahren. Es ist Zeit, sie gehen zu lassen." Die Tattoos an Tanes Hals schienen lebendig zu sein, als er schluckte.

Für einen langen Moment sagte keiner etwas. Juners Schritte waren das Einzige, was die Stille durchbrach. Vor Tane blieb er stehen. „Sollte dir die Zukunft eines Einzelnen wirklich wichtiger sein, als ein gesamtes Reich, bist du ein noch grausamerer Herrscher, als ich dachte."

Tane sah zu seiner Tochter, betrachtete sie, wie sie unter dem Arm von Aeron stand. „Dann gehe deiner Wege." Mit diesen Worte drehte er sich weg und ging allein und zu Fuß auf die entfernte Brücke zu.

Alva drehte sich zu mir. „Danke, Jamielle." Ihre Stimme klang zufrieden, mit dem gleichen freudigen Ton, den sie als weise Dame gehabt hatte. „Du hast gleich zwei von uns zur Freiheit verholfen." Kurz brach sie den Blickkontakt ab. „Ich muss dir noch etwas sagen…"

„Du bist meine Großtante", sagte ich so leise, dass ich mich fragte, ob sie es überhaupt verstanden hatte. So oder so hatte sie wohl schon meine Gedanken erfasst.

„Richtig. Und ich verstecke mich nicht wie mein Bruder. Ich schäme mich nicht dafür, eine sterbliche Familie zu haben." Sie schenkte mir ein so filmreifes Lächeln, auf das wohl ganz Hollywood neidisch auf sie wäre. „Wenn du mich brauchst, rufe mich." Sie sah auf meine Kette. „Durch die bleiben wir in Kontakt."

Sie ließ mich über diese Worte nachdenken. Die Kette hatte nie Ean, meinem Grandpa, gehört. Es war immer Alvas gewesen. Einer der Gegenstände, in denen sie ihre Macht versteckt hatte, um sie mit anderen zu teilen. Um sie mit mir zu teilen.

„Du sollst wissen, dass ich immer bei dir war, Jamie. Ich habe auf dich geachtet, dir durch die Kette Warnungen geschickt. Ich habe nicht gewollt, dass du dich für mich in Gefahr bringst, aber ich hatte keinen anderen Weg gesehen, als den Stein des Dreimonds."

„Du hast mir die Visionen geschickt", stellte ich vollkommen entgeistert fest. Sie nickte. Ihr

Blick ging zu dem Erben dieses Reiches, der gemeinsam mit der Tochter zweier Götter dastand. Ihre Geschichte könnte ein Bestseller werden, ein Buch über Verlust, das am Ende mit dem schönsten Happy End die Leserherzen zum Weinen brachte.

„Nun gut", setzte Alva erneut an, ließ die anderen Götter nach wie vor sprachlos, „der Regent der Schatten wird nicht lang auf sich warten lassen. In einigen Monden wird hier erneut Chaos ausbrechen. Die Befreiung seines Erben wird Folgen haben." Sie drehte sich wieder zu mir, sah mir fest in die Augen. „Aber das soll nicht deine Sorge sein. Du hast gekämpft und wenn du möchtest, bringe ich euch in eure Dimension zurück."

Ich blinzelte. Die Tatsche, dass unser Abenteuer hier endete, sickerte langsam zu mir durch. Ich drehte mich zu Akio, der immer noch seine Hand in meiner liegen hatte.

„Ich glaube, es ist Zeit nach Hause zu gehen."

$\mathcal{K}$apitel 23

Alva breitete ihre Arme aus, wartete bis sich silberne Fäden aus dem Wind lösten und sich ein leuchtender Falke auf ihrem Oberarm niederließ. Stück für Stück nahm er Fleisch und Knochen an. Der Falke breitete freudig die Flügel aus, flatterte kurz auf der Stelle und flog zu uns. „Malio wird euch nach Hause bringen", sagte Alva ruhig.

Das Ganze ließ mich an den Moment am Fuji zurückdenken, als Kirei uns zurück nach Schottland gebracht hatte. Damals hatten wir Senshi besiegt, ebenso wie Seya und Liwano. Jetzt hatten wir den Erben des dunklen Reiches befreit und damit einen ziemlich großen Stein ins Rollen gebracht. Ob uns dieser Stein irgendwann treffen würde sei dem Schicksal überlassen, aber für diesen Moment hatten wir gesiegt. Und hoffentlich galt das auch für Samira und Aeron.

„Werden sie sicher sein?", flüsterte ich zu meiner Großtante. „Sie haben ein Happy End verdient."

Sie schmunzelte. „Ich werde mich um alles kümmern, Jamie. Sie werden sicher sein."

Ein weiterer Stein geriet ins Rollen, doch dieses Mal rollte er von mir weg, fiel von meinem Herzen.

Malio landete vor uns und begann erneut zu glühen. Das silberne Schimmern war wunderschön, hatte etwas Leichtes an sich, das Gold niemals haben konnte.

Dee und Finley kamen zu uns. Finley sah immer noch aus, als hätte er gerade fünfzehn Morde begangen, was mich irgendwie an den einen Krimi erinnerte, den ich mit Grandpa gesehen hatte.

Ich sah zu Ean. „Hast du dich wirklich für mich – für deine Familie – geschämt?"

Er trat ein Stück vor. Man merkte ihm deutlich an, wie er mit sich rang. „Am Anfang. Aber letztendlich wollte ich einfach nicht, dass dir dasselbe widerfährt wie deinem Vater, als er von uns erfahren hat. Ich wollte dich beschützen, Jamina."

Etwas warmes breitete sich in meiner Brust aus. „Kommst du zurück nach Hause?"

Er schwieg für einen kurzen Augenblick. „In der nächsten Zeit wird es hier wohl einiges zu regeln geben."

„Wirst du mich besuchen?"

Er lächelte und breitete die Arme aus. Mein Herz machte einen kleinen Sprung, als ich auf den Gott zuging und dieser seine Arme um mich legte. In der Form meines Grandpas hatte er mich so oft mit dieser Geste aufgebaut. Jetzt fühlte es sich erst so an, als würde ich einen Fremden umarmen, doch mit jedem weiteren Atemzug, erkannte ich ihn immer mehr wieder. Langsam löste ich meine Arme wieder von ihm und schritt ein Stück zurück. Unsere Blicke trafen sich.

„Danke, *Grandpa*. Ich werde auf dich warten."

Damit ging ich zu meinen Freunden und das Letzte, was ich sah, bevor wir uns an den Händen nahmen, war Eans breites Lächeln.

Alvas leuchtender Falke hüpfte aufgeregt von einem Bein aufs andere und schon nach dem nächsten Herzschlag spürte ich, wie sich meine Gedanken auflösten und meine Zellen auseinander trieben. Instinktiv schloss ich die Augen, hieß diese Macht in mir willkommen. Und dann verließ ich dieses Reich.

Dunkelheit

5 Tage später…

Der frische Wind warf sich in meine offenen Haare. Der raue Sand kribbelte unter meinen Füßen. Immer wieder streifte das kühle Meerwasser meine Zehen. Die Wellen hörten sich so an, wie das Rauschen des Nekrothar.

Es fühlte sich immer noch seltsam an, nach all dem wieder zu Hause zu sein. Alles war so still und... sicher. Keine Drachen, keine Dämonen. Keine Götter. Ein wenig vermisste ich diese Truppe aus Heiligen, nachdem wir sie vor knapp einer Woche in ihrem Reich zurückgelassen hatten. Sie waren so menschlich, wenn man sie kennenlernte, dass sie gar nicht mehr wie Götter wirkten.

„Worüber denkst du nach?", fragte Akios ruhige Stimme.

„Über unser zweites Abenteuer", sagte ich leise und sah zu ihm auf. Diese Augen würden mich wohl irgendwann noch um den Verstand bringen.

„Ein Abenteuer", flüsterte er und strich mir eine verwilderte Strähne hinters Ohr. „Ich muss sagen, Löckchen, du beeindruckst mich. Erst rettest du die Macht der Götter und jetzt bist du Teil ihrer Familie." Er betrachtete meine Augen. „Du bist ganz schön schnell aufgestiegen."

„Ist es schlimm für dich? Ich meine, dass ich zum Teil…"

„Eine Göttin bist?", fragte er lachend und legte seine Hand an meine Wange. „Löckchen, für mich warst du das immer. Es hat sich zwischen uns nichts geändert, nur dass du jetzt mehr über deine Herkunft weißt. Wieso sollte das schlimm für mich sein?"

Etwas verlegen wich ich seinem Blick aus. „Naja, ich wollte nur sichergehen, dass du nicht denkst, ich wäre jetzt jemand anderes. Jemand wichtigeres, als ich es eigentlich bin."

Sein breites Lächeln zog seine Mundwinkel nach oben. „Du bist wichtig, Jamie. Ob zum Teil Göttin oder nicht." Sein Grinsen wurde breiter. „Sollte ich vor dir jetzt vielleicht auf die Knie gehen? Das Angebot mit dem Antrag steht noch."

Ich kicherte, wobei ich mich etwas an seine Brust lehnte. Seine dunklen Haare fielen mir auf die Stirn, als er den Kopf senkte und mich küsste. Ich öffnete meine Lippen und vergrub die Hände in seinem Haar. Ich spürte seine Hand an meinem unteren Rücken, die mich näher an ihn drückte. Akio zog eine Spur aus Küssen bis zu meinem Ohr. „Ich finde *dieses* Abenteuer viel schöner."

Wieder kicherte ich. „Finde ich auch."

Ich legte meine Lippen wieder auf seine, stockte aber in diesem Moment. Ich hatte das Gefühl keine Luft mehr zu bekommen. Als würde sich eine dunkle Kraft in mein Innerstes einnisten und mir jegliche Sauerstoffversorgung verweigern. Die Nerven in meinen Händen gaben nach. Ich spürte Akios Lippen, doch der Rest meines Körpers fühlte sich an wie ausgehöhlt.

„Akio", flüsterte ich und stolperte nach hinten. Er hielt mich fest, aber ich fiel weiter. Plötzlich fühlte ich mich schwerelos. Meine Sicht wurde immer verschwommener, der Schmerz hinter meinen Knochen immer größer. Und dann sah ich nur noch schwarz.

Danksagung

Weitere 23 Kapitel von Jamies und Akios Reise sind geschrieben und ich muss sagen, es ist genauso spannend, ein Buch zu schreiben, wie es zu lesen. Es fühlt sich immer an, als ob die Geschichte schon existieren würde, und ich nur herausfinden müsste, wie sie weiter geht.

Aber bevor es an ein Danke geht, möchte ich mich für den Cliffhanger entschuldigen. Aber ich kann andere Autoren jetzt verstehen. Es macht nämlich schon sehr viel Spaß, seine Leser mit so etwas zu ärgern. ;)

So, selbstverständlich habe ich auch dieses Mal großartige Unterstützung bekommen.

Zuerst will ich dir, Mama, danken. Du hast dieses ganze Chaos in meinem Kopf aufgefangen und mir geholfen, meine Prioritäten wiederzufinden, als dieses Projekt ein bisschen Überhand genommen hat.

Außerdem hast du, zusammen mit Papa und Amelie netterweise das Lektorat übernommen.

Dann sollte ich auch noch Jonas und Gerrit danken. Ich brauchte ja einen gewissen Erfahrungswert für das Schreiben der Silvesterparty.

Euer Geburtstag hat mir diese mehr oder weniger gegeben.

Die Idee von den Dämonen hatte Gerrit. Ohne ihn wären meine Charaktere wohl von Engeln gejagt worden. :)

Dann möchte ich natürlich noch meinen anderen Freunden danken. Ich zähle euch jetzt nicht alle auf, aber fühl dich einfach angesprochen. Danke dafür, dass ihr jedes Mal aus dem Häuschen seid, wenn ich euch von meinen Fortschritten erzähle.

Jemand, dem ich trotz seiner großen Hilfe, glaube ich, zu wenig danke, ist Freyr. Er ist zwar *nur* ein Pony, aber bei ihm habe ich immer die besten Ideen für meine Geschichten. Also danke auch an Josi, dass Freyr mir als persönlicher Berater zur Seite stehen darf.

Ich habe das Gefühl, ich sollte mich jetzt i r g e n d w i e m i t e i n e m n e t t e n „A u f Wiedersehen!" verabschieden. Danke an dich, dass du nicht nur meine Geschichte, sondern auch noch diese Danksagung gelesen hast. Ich hoffe, es hat dir gefallen und du wartest jetzt schon sehnsüchtig auf den nächsten Teil. :)

@ Amelie Uphaus

Finja Jungclaus lebt mit ihrer Familie im ländlichen Ostwestfalen. Sie wurde 2007 geboren und fand früh die Liebe zu Geschichten. Wenn sie nicht gerade Bücher liest oder schreibt, verbringt sie ihre Zeit gern bei den Pferden oder mit Malen und Zeichnen.